问题史

张入云 著

中国新诗的音乐性

1917—1949

上海视觉艺术学院
培优培育专项支持

图书在版编目（CIP）数据

问题史：中国新诗的音乐性：1917—1949 / 张入云著. -- 杭州：浙江文艺出版社，2025.7 -- ISBN 978-7-5339-8016-0

Ⅰ. I207.25

中国国家版本馆 CIP 数据核字第 2025FL2634 号

统　　筹	曹元勇
责任编辑	胡远行
文字编辑	张嘉露
营销编辑	耿德加　胡凤凡
责任印制	吴春娟
校　　对	李子涵
数字编辑	姜梦冉　诸婧琦
装帧设计	洪嘉蔚

问题史：中国新诗的音乐性（1917—1949）
张入云　著

出版发行	浙江文艺出版社
地　　址	杭州市环城北路 177 号
邮　　编	310003
电　　话	0571-85176953（总编办） 0571-85152727（市场部）
印　　刷	上海盛通时代印刷有限公司
开　　本	889 毫米×1194 毫米　1/32
字　　数	141 千字
印　　张	7.5
插　　页	1
版　　次	2025 年 7 月第 1 版
印　　次	2025 年 7 月第 1 次印刷
书　　号	ISBN 978-7-5339-8016-0
定　　价	59.00 元

版权所有　侵权必究

目 录

导言 ··· 001
  一、中国新诗面临的"音乐性"问题、与之相关的研究 ······ 001
  二、对诗歌音乐性的共时性分析 ······················· 005
  三、问题的历史 ····································· 031

上编 草创：雏凤清于老凤声

第一章 自由与自然 ································· 039
  第一节 为自由诗/散文诗的辩护 ······················ 044
  第二节 "自然二字也要点研究" ······················ 054

第二章 "新诗也可以唱的" ··························· 067

第三章 广义音乐性：诉诸心而不诉诸耳？ ·············· 077
  第一节 广义音乐性观念的雏形 ······················· 078

第二节　郭沫若的内在韵律理论和节奏观 …………… 082

第三节　理论主张与写作实践间的落差 ………………… 092

下编　建设：诗律学或做诗法

第一章　从白话到现代汉语 ………………………… 105

第二章　探寻现代汉语的诗律学 ……………………… 114
第一节　陆志韦："有节奏的天籁才算是诗" ………… 114

第二节　《诗镌》的三员干将 …………………………… 123

　一、饶孟侃论新诗的音节 ……………………………… 125

　二、闻一多的格律理论 ………………………………… 135

　三、徐志摩的体制试验 ………………………………… 148

第三章　从"歌"到"诵"到"读" ………………… 159
第一节　《新诗歌集》与《新诗歌》 …………………… 159

第二节　诗朗诵与读诗会 ………………………………… 173

第四章　纯诗化·散文化 ……………………………… 188
第一节　三个疑问 ………………………………………… 188

第二节　智者戴望舒 ……………………………………… 196

第三节　诗的散文美 ················ 206

结语 ···························· 217
　　一、"替关于诗的事实寻出理由" ········ 217
　　二、奥尔甫斯仍在歌唱 ··············· 220

主要参考文献 ······················ 223

代后记 ···························· 229

导　言

一、中国新诗面临的"音乐性"问题、与之相关的研究

中国新诗已有百年历史，却仍没有在公众那里获得普遍的"信誉"。① 认为它因缺乏"音乐性"而未能确立其"合法性"，在新诗面临的诸多责难中，始终是相当不屈不挠的一种声音。正如谢冕所说，面对新诗，开始时我们充满焦虑，几十年过去了仍然充满焦虑。但有些事好像急了也没有用。时间照样往前走，而且愈走好像问题愈多。② 在这些随着时间推移变得愈来愈多的问题里，新

---

① 张新颖在为一套"悦读经典"丛书编选新诗中具备经典性的"一百句"时，就曾有过这样的感叹，参见张新颖. 开篇几句话[A]. 见：张新颖. 新诗一百句[M]. 上海：复旦大学出版社，2007：1。
② 谢冕. 序一：坚守这一角沉着冷静的寂寞[A]. 见：王光明. 现代汉诗的百年演变[M]. 石家庄：河北人民出版社，2003：5.

诗的音乐性问题是一个一开始就存在的难题,而且从没有真正淡出人们的视线。新诗的第一个尝试者胡适在1919年的《谈新诗》一文中,花了相当大的篇幅来谈论新诗的音乐性亦即他所谓"自然的音节"。新诗早期的代表人物郭沫若在其第一部新诗集《女神》出版的同一年(1921年),就已致力于讨论新诗的内在律/无形律与外在律/有形律之别③,此后一直到1960年代的数十年间,又屡次以"音乐性"一词来指称有关的问题,发表前后不同的意见,表现出在音乐性问题上的自我矛盾和一再反复。时至20世纪末,1940年代开始活跃于诗坛的"九叶"诗人郑敏写出了《世纪末的回顾:汉语语言变革与中国新诗创作》《试论汉诗的传统艺术特点——新诗能向古典诗歌学些什么?》等颇具影响的诗学论文,对新诗的音乐性"旧事"重提、孜孜以求,认为"在走出律诗后,中国新诗再也没有能拿出任何音调的设计",因此"如果白话诗也希望有一天拥有律诗这种音乐魅力,就必须探究汉语本身所具有的音乐性"。④ 同样的,作为"新生代"或"第三代"诗人代表的西川,也在1993年的一次答问中,谈到了自己1980年代的诗歌写作对音乐性的探究,尽管这种探究与郑敏论文中的要求有着大异其趣的最终走向。⑤

---

③ 郭沫若.文艺论集·论诗三札[A].见:郭沫若.郭沫若全集文学编(第十五卷)[M].北京:人民文学出版社,1990:335-341.
④ 郑敏.试论汉诗的传统艺术特点——新诗能向古典诗歌学些什么?[J].文艺研究,1998,(4):88-89.
⑤ 西川.答鲍夏兰、鲁索四问[A].见:西川.让蒙面人说话[M].上海:东方出版中心,1997:270.

事实上，在新诗百年的历史里，不断有诗人以各自的诗学主张和写作实绩对音乐性问题给出各种各样的回答，而人们（包括作为群体的诗人，也包括读者和研究者）也许还没来得及一一消化这些答案。值得一提的是洪子诚在谈及当下所谓"诗歌危机"时的观点：一方面，新诗本身的"传统"，还没有得到新诗写作群体的足够重视，另一方面，我们不仅要对新诗提问，而且要对"对诗提问的人"提问，不仅质疑新诗，而且质疑自身。⑥ 就音乐性问题而言，新诗本身确实存在着一个"传统"，或者说，存在一段错综复杂的问题史。在我看来，与其质疑新诗音乐性的现状，不如首先质疑一下我们对有关的问题史是否已具备了充分的认识。我在这篇论文中试图做到的，不是解决中国新诗的音乐性这个问题本身，而是探寻音乐性何以会成为新诗史上的一个重要问题、不同的人在不同时期对这个共同的问题有着怎样相互抵牾而又彼此纠缠的理解和诠释。我将研究的时段设定为1917年至1949年，当尽我所能，梳理和描述这一历史时段中诗人和其他关心新诗的人们在理论建构和写作实践上所作的有关努力，并尽力呈现这些努力的大致线索、总体面貌和既有成果。谢冕这样看待新诗面临的诸多问题："要是我们这一代人不再盲目，触及了问题，把它和盘托出，即使我们不能解决，那就留给后人来解决。"⑦后人将如何解决（说不定他

---

⑥ 洪子诚.序[A].见：张枣.春秋来信[M].北京：文化艺术出版社，1998：Ⅰ-Ⅱ.
⑦ 同②.

们将通过扬弃来解决)新诗的音乐性问题,不是我们所能断言的,我们这一代人可以做的,或许就是把问题和盘托出,也把已经出现在问题史中的种种答案和盘托出,呈给现在和未来。

综观中国文学研究界现有的研究成果,鲜有直接以新诗音乐性问题及其历史为研究对象的,虽然与之相关的研究并不在少数——其中具有代表性的是对新诗"诗形"(如王光明《现代汉诗的百年演变》中的有关内容)、"诗体"(如吕进的《中国现代诗体论》)、节奏(如王书婷的《新诗节奏和意象的理论与实践(1917—1937)》),尤其是格律(例子众多,不胜枚举)的研究。这里不打算对上述概念加以展开,我只想指出,新诗的"诗形""诗体"和格律虽与音乐性密切相关,但其中所包含的音乐性均是不完全的,且无不在不同程度上涉及音乐性之外的其他问题,而节奏虽可以说是新诗音乐性的一个核心问题,却仍不能涵盖音乐性问题的全部。除开这些研究以外,就我视野所及,专门针对诗歌音乐性的研究本已不多见,而且还基本集中在对诗歌音乐性的理论阐释上(沈亚丹的《寂静之音:汉语诗歌的音乐形式及其历史变迁》是个例外,但该书主要研究中国古典诗歌音乐性的历史变迁,未涉及新诗),或列举各国包括中国古典诗歌音乐性的例证以论证新诗也必须具备音乐性(对新诗是否已具备或可能具备怎样的音乐性却语焉不详),或援引西方文学理论来界定所谓"现代诗歌"的音乐性,或表述研究者自身对诗歌音乐性的见解,大都与中国新诗的历史"现场"缺乏有效的关联。中西诗歌的音乐性在深层意义上确实有共通之处,但由于语言的差异尤其是现代汉语所经历的深刻变化,问题很难被笼统地看待,也不应被草率地处理。回过头来看中国诗歌,中国诗的音乐性问题,几乎是和新诗同时发生的,之前人们只是满足于诗和音乐天经地义般的亲缘关系与融洽合作,而很少把它当作一个具有争议性的问题。⑧ 在这个意义上,可以说中国诗的音乐性问题几乎就是中国新诗的音乐性问题,是中国新诗一直力图解决的问题。如果姑且把上面提到的对诗歌音乐性的理论阐释称为一种准共时性研究,那么本书要做的则是对中国新诗音乐性问题的历时性研究。当然,必须有一番恰当的共时性分析来做它的基础。

二、对诗歌音乐性的共时性分析

诗何以有音乐性?

首先要对诗歌音乐性这个提法的合理性作一下说明,或者说,我为什么会用"音乐性"一词来命名我的问题。到底是否存在某种诗歌音乐性?也许它只是个伪概念?勒内·韦勒克和奥斯

---

⑧ 在中国古典诗学中,诗的音乐性占据的绝非一个不起眼的位置,前述沈亚丹的研究便可证明这一点。但把它作为一个具有争议性的问题来讨论的却颇为鲜见,且往往是只言片语,不为论者本人和他人所特别看重,钱锺书对此有相当详尽的论述,参见钱锺书.谈艺录[M].北京:中华书局,1984:26-39。

汀·沃伦的《文学理论》在讨论诗歌与音乐、讨论诗歌作品的声音层面时,都曾对诗的"音乐性"(musicality)这个提法表示不信任。他们强调诗中的"音乐性"与音乐中的"旋律"(melody)是根本不同的东西,因为语言音调抑扬起伏、音高在迅速变化,而一个音乐旋律的音高则是稳定的、间隙是明确的。⑨ 有意思的是,这种说法或许适合西方文学,汉语的情形却有些例外,详见注释。⑩ 哪怕是在比喻意义上使用"音乐性"一词,他们也认为这个术语颇易引起误解,须弃置不用。在分析诗歌作品声音层面的各种因素时,他们选择"谐音"来代替"音乐性",谐音(euphony)在西方诗学理论中是一个常用术语,但《文学理论》的作者们也只是权宜性地选用

---

⑨ 勒内·韦勒克,奥斯汀·沃伦.文学理论[M].刘象愚,邢培民,陈圣生等译.南京:江苏教育出版社,2005:142,176—177,下同。

⑩ 毕竟汉字的声调决定了在具体的一行诗里,语言相对音高的变化是基本明确和可以描述的。卢梭也曾有和韦勒克他们相似的困惑,他认为:"任何语言,只要同样的语词被赋予了几种旋律,就没有固定的音乐重音。如若重音是固定的,那么,旋律亦是固定的。调子一旦可以选择,重音便毫无意义了。"——他所说的"音乐重音"指的是一种伴随着固定的音高的重音,卢梭认为这样的重音在古希腊或许存在,但在他自己的语言法语和所有现代欧洲语言中均不存在,见让-雅克·卢梭.论语言的起源:兼论旋律与音乐的摹仿[M].洪涛译.上海:上海人民出版社,2003:44。卢梭的疑问甚至适用于汉语,汉字虽有声调,但无论在古代汉语还是近现代汉语中,与文学作品相配的音乐旋律都不是唯一的(尽管在实际演唱时往往只存在单独一种旋律,但这样的"唯一性"只是偶然的结果,而非什么必然的属性)、不可变的,亦即不是由作品语词的声调完全规定的,虽然在某种程度上可能受到语词声调的影响和制约(个中情况相当复杂,可参看《赵元任音乐论文集》和戏曲理论家吴梅的《顾曲麈谈》)。这又反过来证明了《文学理论》中的论断自有其道理,因为哪怕是在汉语这样有声调的语言中,文学语言的音调和音乐/歌曲的旋律虽有作为稳定的音高序列的相似性,但仍是相对独立、不可混同的。

了这个词,因为诗歌为了达到理想的声音效果,有时需要参用不谐和音(cacophony,它与音乐中的"不协和音程"〔dissonant interval〕并不是同一个概念)。与韦勒克和沃伦的审慎相较,习惯性地沿用音乐性这个说法是否稍欠考虑?然而如前所述,音乐性作为一个问题在中国新诗的历史中是业已存在的事实,诗人们也都不约而同地采用了这个词,尽管各自的所指不尽相同。诗的音乐性固然主要是指诗歌语言声音层面的某种特性,但在不同的文学研究和评价体系里,尤其是在中国新诗的语境里,这个概念的内涵与外延却远不止于此。与其说它有可能引起误解,不如说它本身就包含了许多的歧解;与其说它是模糊或虚假的,不如说它是过于丰富和复合的。我之决定使用音乐性这个概念来概括我要讨论的问题,是因为它的复杂多义恰恰对应了中国新诗史上人们诸多层面的困扰和求索。我们看到这诸多层面的困扰和求索不可思议地、以一种约定俗成的方式集合在一个总的问题之下,它们需要和诗歌音乐性这个概念一起,得到适当的辨析和有力的阐明。

诗乐同源与异流

必须承认,在谈论关于诗的问题时,人们之所以如此钟爱音乐性这个命名,很大程度上是因为坚信诗乐同源且有割不断的联系。在此已无须援引中国典籍或西方文献中有关诗歌和音乐亲缘关系数不胜数的记录和佐证,我想说的是,诗歌和音乐的同源共生固然是得到了公认的,它们的分离和独立发展作为一个更加明显的事实却远没有被充分认识,或曰,人们对于这种分离和独立发展所带来的结果尚未形成共识。

韦勒克和沃伦在《文学理论》中就诗与音乐的关系,以及现代意义的诗和歌之间的联系和区别作过深入的分析,罗列了西方文学领域内的各种不同意见,当然也表明了他们自己的看法。⑪ 在中国新诗的语境里,这样的不同意见同样存在,鲁迅 1934 年致中国诗歌会诗人窦隐夫信里的一番话被当作其中十分重要的一种:

> 诗歌虽有眼看的和嘴唱的两种,也究以后一种为好;可惜中国的新诗大概是前一种。没有节调,没有韵,它唱不来;唱不来,就记不住,记不住,就不能在人们的脑子里将旧诗挤出,占了它的地位。许多人也唱《毛毛雨》,但这是因为黎锦晖唱了的缘故,大家在唱黎锦晖之所唱,并非唱新诗本身,新诗直到现在,还是在交倒楣运。
>
> 我以为内容且不说,新诗先要有节调,押大致相近的韵,给大家容易记,又顺口,唱得出来。但白话要押韵而又自然,是颇不容易的,我自己实在不会做,只好发议论。⑫

---

⑪ 勒内·韦勒克,奥斯汀·沃伦.文学理论[M].刘象愚,邢培民,陈圣生等译.南京:江苏教育出版社,2005:142-143.

⑫ 鲁迅.致窦隐夫[A].见:杨匡汉,刘福春.中国现代诗论(上编)[M].广州:花城出版社,1985:181.

鲁迅写这封信自有其特定的历史背景,鲁迅所说的用嘴唱的诗,这个"唱"字究竟是指怎样一种唱法,是否就是当时大家唱流行歌曲《毛毛雨》的那种唱法,在这封信里面并没有讲得十分清楚。供歌唱的诗也叫"歌诗",近于中国古代"歌"或"乐府"的概念,这是否就是鲁迅信中强调的"唱新诗本身"呢?恐怕很难这样认为。鲁迅对新诗的要求除开内容方面,主要包括有节调、押大致相近的韵、容易记忆又顺口,于是能唱得出来,但鲁迅深知用白话写诗的困难,要押韵而又自然——在这一点上,鲁迅和胡适同样看重白话的"自然"——是颇不容易的,他表示自己"实在不会做,只好发议论"。自称对诗缺乏研究的鲁迅,在书信中随手写下的几句话,就指出了追求新诗音乐性需要面对的难题之一。鲁迅在1935年致蔡斐君的信里也表达过类似的意思[13],只要我们认真读一下这两封信,不难看出鲁迅提倡新诗要唱得出来,主要的原因是他希望人们通过唱新诗记住新诗,从而把旧诗在人们脑子里所占的地位挤掉,扭转新诗所交的"倒楣运"。然而那些相信诗歌与音乐同出一源、诗和歌本是一体,因此诗最好与歌保持亲密关系、不能唱的诗就不是好诗的人,毫不犹豫地把鲁迅的这些话看作了不容置疑的金科玉律,时或当成指斥不符合其诗观的新诗的

---

[13] 鲁迅.致蔡斐君[A].见:杨匡汉,刘福春.中国现代诗论(上编)[M].广州:花城出版社,1985:251.

依据,这大概也算一种"拿来主义"吧。

朱光潜在《诗论》中约略概括了"各国诗歌音义离合的进化公例"⑭("进化"之说妥当与否,姑置不论),把对"唱"的重视转移到"诵",代表了对诗与音乐离合之趋势的另一种见解。他认为各国诗歌的"进化史"都可大致分为四个时期:一、有音无义时期,诗歌与音乐、舞蹈同源,最原始时期的民歌,歌声除应和乐、舞节奏之外,不必含有任何意义;二、音重于义时期,较进化的民歌虽逐步具备了有意义的歌词,但音乐仍重于歌词,在歌唱时语言弃去它的固有节奏和音调,而迁就音乐的节奏和音调(这个观点可与注⑩互为参照);三、音义分化时期,也就是"民间诗"演化为"艺术诗"或曰"文人诗"的时期,文人诗开始专讲究歌词而不复注意歌调,逐渐变得不可歌唱;四、音义合一时期,词与调既分立,诗就不复有文字以外的音乐,但诗本出于音乐,无论如何变化总不能与音乐完全绝缘,文人诗虽不可歌,却仍须可诵,诵使语言的节奏音调之中仍含有若干形式化的音乐的节奏音调,诗的声律研究从此盛行。此种音义关系分析处处浸透了对诗与音乐分合关系的考察,在他的考察中,中国诗与音乐的离合过程到永明声律运动就结束了,经过律化的洗礼之后,中国诗(包括新诗)无论怎样发展,都不能与音乐完全绝缘,说得具体一点,就是要"可诵",要在诗歌语言的节奏音调之中带有若干形式化的音乐的节奏音调。

---

⑭ 朱光潜.诗论[M].上海:上海古籍出版社,2005:171-172,下同。

需要注意的是，朱光潜把"诗歌"一词作为一个复合概念来运用，而在他笔下，"诗"与"歌"虽有能否歌唱之别，大多数情况下却又是可以互用的。总的来说本书在使用"诗歌"一词时，侧重的是现代意义的与"歌"相区别的"诗"的概念，只不过没有像中国台湾"现代诗"的一些代表人物那样，只说"诗"，拒绝说"诗歌"而已。至于本书讨论的对象中国新诗，我所设定的范围略同于朱光潜的"艺术诗"/"文人诗"（当然时间范围有所不同），除偶尔涉及文人仿作的歌谣体作品之外，未把中国现代的民间歌谣和流行歌曲包括在内，对于被集中性地（如赵元任《新诗歌集》所做的）或单个地谱了曲的新诗，也只是作为"新诗本身"而非歌曲来研究和讨论。

朱自清的《朗读与诗》表达的是与朱光潜不同的又一种看法。他也认为中国诗的律化与吟诵大有关系，"就诗而论，这种进展是要使诗不经由音乐的途径，而成功另一种'乐语'，就是不唱而谐"，但"这种进展究竟偏畸而不大自然"。⑮ 与歌唱和吟诵相比，他更推重朗读，"新诗不出于音乐，不起于民间……新诗不要唱，不要吟；它的生命在朗读"。这是因为"从语言本身和诗本体的进展来看，这也是自然的趋势。诗趋向脱离音乐独立，趋向变化而近自然"。与朱光潜不同的是，朱自清曾是新诗创作的一位身体力行者，又始终是新诗理论建设与批评工作的热情参与者，他认

---

⑮ 朱自清.新诗杂话·朗读与诗[A].见：朱自清.朱自清全集（第二卷）[M].南京：江苏教育出版社，1988：388-395，下同。

为诗趋向脱离音乐独立的意见正代表了很大一批新诗人的主张。郭沫若就曾是其中态度特别鲜明的一员,主张"诗歌、音乐、舞蹈由浑而分,已各有特征而不能相混","诗歌遂复分化而为两种形式:诗自诗,而歌自歌"。⑯ 在此,郭沫若明确了"诗歌""诗"和"歌"三者的区分,他所谓诗与音乐由浑而分,不能相混的论断,则让我想到钱锺书《谈艺录》中一段极其相似的议论:"诗、词、曲三者,始皆与乐一体。而由浑之划,初合终离。凡事率然,安容独外。文字弦歌,各擅其绝。艺之材职,既有偏至;心之思力,亦难广施。强欲并合,未能兼美,或且两伤,不克各尽其性,每至互掩所长。即使折衷共济,乃是别具新格,并非包综前美。"⑰"由浑而分,不能相混"与"由浑之划,初合终离",强调的都是诗与音乐相互分离和独立的状态,钱锺书更进一步阐述如果把两者强拉在一起可能对彼此带来损害,即使获得了"折衷共济"的效果,比如诗谱曲演唱以后成为一首公认的好歌,也只是别创了一种"新格",无法替代诗和音乐各自原有的作用。他接下来打了一个比方,以灰色为黑白两色相调得出的一种新色,就好像诗乐配合而成的歌一样,灰色虽宜描摹"寒炉死灰"之色,却不能代替黑白两色来分别表现"黑入太阴""白摧朽骨"的效果,而"诗乐分合,其理亦然"。这番议论将诗乐的离合说得极其透彻,如前所述,中

---

⑯ 郭沫若.文艺论集·论诗三札[A].见:郭沫若.郭沫若全集文学编(第十五卷)[M].北京:人民文学出版社,1990:336-337.
⑰ 钱锺书.谈艺录[M].北京:中华书局,1984:27.

国古典诗学对诗的音乐性问题鲜有争议,钱锺书此论虽是在分析历代偶或一见的争议性言论后得出的(参注⑧),却恰好包容了中国新文学界乃至西方文学界关于诗与音乐、诗与歌之间关系争议的主要内容。这个争议,可说是中国新诗音乐性问题史中的主要争议之一,我将在以后各章中谈到的许多事实,都与这个争议有关。

诗歌音乐性的三个基本层次

通过诗与音乐、诗与歌之间关系的讨论,我们连带地可以看出这样一点:诗歌音乐性至少包含两个层次,假使如朱光潜所说,诗发展到一定阶段以后不复有"文字以外的音乐",那么理当有一种"文字以内的音乐"或"文字本身的音乐"与之对位,也就是朱自清说的"使诗不经由音乐的途径,而成功另一种'乐语'"。即使是主张诗趋向脱离音乐而独立的新诗人,一般也都不反对诗语言本身应具有一定的音乐性,当然,这究竟是怎样一种音乐性仍然是一个众说纷纭的话题。我们不妨先给"文字以外的音乐"作一个较为明确的界定。朱光潜在《诗论》里还曾称之为"外在的乐调的音乐",与"文字本身的音乐"对举,不过并没有给出具体定义。⑱ 日本学者松浦友久的《中国诗歌原理》中有专章研究中国

---

⑱　朱光潜.诗论[M].上海:上海古籍出版社,2005:175-176.

古代诗歌与音乐的关联,其研究重点是中国古代的三种歌辞类作品——乐府、新乐府和歌行,他在该章开首称诗歌音乐性有两种含义,其二与朱光潜的"外在的乐调的音乐"可以说是同一个概念:

> 其一,指"诗歌本身内在的音乐性"。全面地说,即"韵律"与"意象"相融合的"语言表现本身的音乐性",亦可称作诗歌的"语言音乐性"。
>
> 其二,指"附着于歌辞(供歌唱之诗)的乐曲性"。与前者"语言音乐性"相对,可称作诗歌的"乐曲音乐性"。诗歌与乐曲的相互关系,可以有几种类型,如①诗歌的歌辞化、②乐曲的歌曲化、③诗歌与乐曲分别创作等等。但无论哪种情况,均与化"诗歌"为"歌辞"的乐曲音乐性相关联。⑲

在我看来,"语言音乐性"和"乐曲音乐性"这对名词比"文字本身的音乐"和"外在的乐调的音乐"更加简明适用。不过虽然松浦友久对乐曲音乐性解释得颇为详细,却容易给我们这样的印象:乐曲音乐性是附着于歌辞的,我的论文既然不以歌辞(无论

---

⑲ 松浦友久.中国诗歌原理[M].孙昌武,郑天刚译.沈阳:辽宁教育出版社,1990:268,下同。

是松浦友久关注的中国古代歌辞类作品还是现代歌谣或歌曲的歌词)为研究对象,就没有必要把乐曲音乐性纳入考虑范围。然而松浦友久说得好,虽然语言音乐性和乐曲音乐性有着根本的不同,但"当我们历史地看待'诗与音乐'的关系时,这两者在重要的方面是相互联系的"。对于本书和松浦友久的研究来说,历史地看待诗歌音乐性问题都是题中应有之义,他看的是中国古代诗歌的历史,我看的则是1949年之前中国新诗的历史。如前所述,新诗音乐性问题史中的主要争议之一是有关诗与音乐、诗与歌的关系的争议,换言之,时不时有一些人设想新诗也可以有乐曲音乐性,或希望民间歌谣和古代"歌诗"的乐曲音乐性能帮助新诗获得某种自己的音乐性,并且采取了大量实际行动以图实现这个希望。即便我不打算具体地研究各类现代歌词,在这里仍然有必要对乐曲音乐性作出界定,如此方能对上述设想、希望和行动进行清晰的梳理和描述。

此外还有一个次要的但仍须提及的原因。我们看到朱光潜称乐曲音乐性为"外在的乐调的音乐",而松浦友久在解释何为语言音乐性时说它是"诗歌本身内在的音乐性","外在"和"内在"这样的指称颇易引起术语的混乱,因为当人们谈论诗的音乐性时,还有另一种意义上的"外在"和"内在",经常会成对出现,对此我将在下文详谈。为避免混淆,最好尽早让乐曲音乐性和语言音乐性这对概念各就各位——与"外在的"和"内在的"相比,我更倾向于"附着于歌辞的"和"语言表现本身的"这样的界定。

关于乐曲音乐性,我说得已经够多了,下面来谈谈语言音乐性。按照松浦友久的定义,全面地说,语言音乐性即"韵律"与"意象"相融合的"语言表现本身的音乐性",可以说这个定义不但全面,而且颇为宽泛,具备相当程度的包容性。"意象"虽是一个十分重要的诗学概念,乍一看却似乎与音乐性没有多少关系。如果我没有误解松浦友久的意思的话,他是从诸多具有相似性的术语中选择了他认为合适的一个,这里的"意象"未尝不可为其他词(如隐喻、象征)所替代,就像"韵律"可以被理解为诗歌语言声音系统的组织方式一样。不妨看一看法国后期象征主义代表诗人保罗·瓦莱里(Paul Valéry,又译保尔·瓦雷里)是怎么说的,作为象征主义者,他不说"意象",象征主义者力求通过"象征",在诗中实现日常实践世界与梦的精神世界的沟通:"诗是一门语言的艺术,话语的某些组合可以产生别的组合所不能产生的,我们名之为'诗意'的情感。"[20]被瓦莱里称为"诗意"的情感与一般意义上的情感不同,就像一部绝对真纯的音乐作品,"毫不外借于感情,而是建造一种没有先例的感情",这种情感的原因只存在于其自身之中而不存在于人生的体会之中。[21] 可以凭借以下特点认

---

[20] 保罗·瓦莱里.诗与抽象思维[A].见:保罗·瓦莱里.文艺杂谈[M].段映虹译.天津:百花文艺出版社,2002:283.

[21] 保尔·瓦雷里.论纯诗(之二)[A].见:保尔·瓦雷里.瓦雷里诗歌全集[M].葛雷,梁栋译.北京:中国文学出版社,1996:314-315.

出这种情感：日常世界中的事物和生命在诗中改变了价值，"它们相互呼应，它们以不同寻常的方式结合在一起；它们变得（请允许我使用这个表达法）音乐化了，相互共鸣，如同和谐地回应。如此定义的诗的世界与我们能够想象的梦的世界极为相似"。㉒ 诗作为一门语言艺术，其话语的组合必然包含声音的因素，而这种话语组合是产生"诗意"的必需方式，由此，瓦莱里强调一首诗的价值存在于声音与意义、话语与精神、在场与不在场之间不可分割的关系之中，"对于每一句诗，你领会到的意义不但没有摧毁传达给你的音乐形式，反而要求再次得到这种形式。从声音下落到意义的活钟摆试图攀升回它敏感的出发点"。㉓ 这里的"音乐形式"不同于前述的"音乐化"这一表达法，当然也不是附着于诗的乐曲音乐性，它指的是诗语言本身实实在在的声音形式。瓦莱里对声音与意义密切联系的强调，与松浦友久对韵律与意象相融合的强调，在本质上是相似的。韵律/语音形式与意象/隐喻/象征（后者往往直接携带着大量的意义信息）是诗歌语言表现的硬币之两面，是诗中起组织作用的二而一的原则。松浦友久把语言表现本身的音乐性解作融合了意象的韵律，正是因为诗的钟摆从声音下落到意象-意义后，总是试图攀升回声音这个同样对意义十分敏感的出发点，尽管这种敏感性多少是隐而不

㉒ 同⑳.
㉓ 保罗·瓦莱里.诗与抽象思维［A］.见：保罗·瓦莱里.文艺杂谈［M］.段映虹译.天津：百花文艺出版社,2002：295.

显的。

现在该进入对诗歌语音形式的考察了,毕竟它是诗歌音乐性问题最核心的部分。分析语音可从音高、音强、音长、音色(又称音质或音品)四种基本的物理性质着手,而这四种性质存在于一切声音中,音乐当然也不例外。从音乐学角度来看,旋律、节奏、和声和音色是音乐语言的四大要素,其中旋律主要是一种音高序列,节奏的基础在于音强和音长,音色就更不用说了,声音的四种物理性质无一例外地被音乐所充分运用。人们之所以如此看重诗的音乐性,固然与诗和音乐的历史亲缘有关,更主要的恐怕还是因为诗作为语言艺术——文学——的一种,与音乐分享了声音的特性。任何一部文学作品首先是一个语音的系统,这个语音层面的重要性在诗中比在其他文学类型中更为突出。也许这仅仅是一种量的差别,亦即程度上的差异,不足以单独成为区分诗和其他文类的依据,然而人们总免不了要追问:在这样一种程度的差异里,从量变到质变所需要的那个临界点是否存在?标志着从散文到诗的飞跃的那个致命的点到底在哪里?这个不可避免的追问也使新诗音乐性的问题史变得更加扑朔迷离。

《文学理论》在诗歌声音层面的分析中,将语音的四种基本性质作了进一步分类,音质(即音色)被称为声音的固有因素,音质的固有差别是产生"谐音"效果的基础,音高、音强和音长则是声音的关系因素,音高可高可低,音的延续可长可短,重音可轻可重,复现的频率可大可小,这些差别可以成为节奏和格律的基础。[24] 韦勒克和沃伦的这种分类基本上是妥当的,虽然汉语自有其不同于大多数西方语言的特殊性,但总的来说仍适用于这个体系。"谐音"效果可通过诸如押韵、拟声、基于通感的"声音的象征和隐喻",西文中的头韵(alliteration)、半谐音(assonance),以及汉语中的双声、叠韵、叠音等方式来实现,有时还要参用不谐和音来实现粗犷、富于刺激和表现力的声音效果。诗歌语言的节奏与音乐节奏同中有异,而且节奏并不专属于文学和音乐,从造型艺术中也能发现某种节奏感,实际上宇宙运行与生命活动中处处都有节奏。不过问题的复杂性主要在于,对节奏的认识存在一项重要的分歧,"一种理论把'周期性'判定为节奏的绝对必要的条件,另一种理论把节奏的含义大大扩展,甚至把非重复性的运动形式也包括在节奏的定义内"[25]。那些希望诗歌节奏能取得和音乐的规律性节拍相似效果的人显然属于前一派,其实音乐中也有大量的"散拍子"作品,就像诗歌节奏可以是非重复性的一样。同样的,我认为松浦友久所说的"韵律"也并不等于格律(他的研究重点之一乐府诗就不是严格意义上的格律诗),诗歌的韵律是一个相对宽泛的概念,各种语音形式都可以包括在内,格律则可说是被当作一种模式

---

[24] 勒内·韦勒克,奥斯汀·沃伦.文学理论[M].刘象愚,邢培民,陈圣生等译.南京:江苏教育出版社,2005:176.
[25] 勒内·韦勒克,奥斯汀·沃伦.文学理论[M].刘象愚,邢培民,陈圣生等译.南京:江苏教育出版社,2005:182.

固定下来的特定的韵律,何况格律中还包含着一定的视觉因素。

　　介绍不同语种诗歌的不同格律模式既费时也没有必要,考察汉语旧诗的格律或新诗格律化的尝试则不是导言所要完成的任务。关于格律,在此我只想提出如下问题:它是否就是刚才提到过的那个关键的临界点?是不是只有格律诗才是真正的诗?坚决主张格律化的人自然会给出肯定的回答,持不同意见的也大有人在。郭沫若曾是自由诗极其忠实的拥护者,哪怕后来他的主张有所变化,他也从未否定自由诗作为诗之一种的存在价值。他在1921年提出诗的韵律分为外在的韵律/外在律/有形律和内在的韵律/内在律/无形律,恐怕是中国诗史上首位在这个意义上使用"外在"和"内在"来讨论音乐性问题的人:

> 诗之精神在其内在的韵律(Intrinsic Rhythm),内在的韵律(或曰无形律)并不是甚么平上去入,高下抑扬,强弱长短,宫商徵羽;也并不是甚么双声叠韵,甚么押在句中的韵文!这些都是外在的韵律或有形律(Extraneous Rhythm)。内在的韵律便是"情绪的自然消涨"。这是我自己在心理学上求得的一种解释,前人已曾道过与否不得而知,将来有暇时拟详细的论述。内在韵律诉诸心而不诉诸耳。太戈儿有节诗,最可借以说明这点。

> Do not keep to yourself the secret of your heart, my friend!

Say it to me, only to me, in secret.

You who smile so gently, softly, whisper, my heart will hear it, not my ears.

别把你心中的秘密藏着,我的朋友!

请对我说吧,只对我说吧,悄悄地。

你微笑得那么娓婉,请柔软地私语吧,我的心能够听,不是我的两耳。

——《园丁集》第四十二首

这种韵律异常微妙,不曾达到诗的堂奥的人简直不会懂。这便说它是"音乐的精神"也可以,但是不能说它便是音乐。音乐是已经成了形的,而内在律则为无形的交流。大抵歌之成分外在律多而内在律少。诗应该是纯粹的内在律,表示它的工具用外在律也可,便不用外在律,也正是裸体的美人。[26]

郭沫若把平上去入、高下抑扬、强弱长短、宫商徵羽[27]、双声叠

---

[26] 郭沫若.文艺论集·论诗三札[A].见:郭沫若.郭沫若全集文学编(第十五卷)[M].北京:人民文学出版社,1990:337-338.

[27] 中国古人经常用宫商角徵羽"五音"作为文字声调的代称,而对汉字声调的研究和平、仄声字的区分,又是近体诗格律形成的基础。郭沫若在此提到"宫商徵羽",只是袭用旧说,指涉的是语言文字本身所具有的音乐性,而非附着于诗文本之上、供歌唱之用的旋律或乐曲。他说歌之成分外在律多而内在律少,这里的外在律也只是指歌词语言本身的音乐性。

韵、押在句中的韵文统统算作外在韵律,而且认为这些都只是表示内在韵律的工具,对于诗并非必不可少。他所否定的又岂止是作为定式的格律,简直把一切语音形式亦即诗的语言音乐性一律视作可有可无。他1920年代的诗论总的来说秉持的都是同样的论调,写于1925年的《论节奏》对内在韵律理论有更详细的论述,在此不赘述。到1944年,郭沫若在第二卷第三、四期的《文学》上连续发表了题为《诗歌底创作》的文章,将他的外在韵律概念明确规定为"语言文字的音乐性"㉘,并且说它不是诗的本身,诗本身乃是情绪的潮流,有抑扬起伏、轻重疾徐、回旋反复,这和语言的音乐性容易合拍。古代的诗,其外在韵律就好比华丽的衣裳,可以为美人增辉。但如果人本身不美,则再华丽的服饰也没有用,而要是好好的美人穿上了不合身的华服,反而会被漫画化,倒不如穿朴素服装的美人甚至裸体的美人来得清新自然。他转而又说,事实上人固不能绝对自由地裸体示人,真正的裸体的诗也只有藏在自己心里,一旦形诸文字,无论是否遵循格律的定式,都已经不再是裸体的了。至此,郭沫若的诗观有所调整,承认语言音乐性的必要,但仍认为诗最本质的属性在于诗中情绪的潮流,而非外在韵律范畴内的某个标尺。瓦莱里强调诗的声音与意义,与被称为"诗意"的情感密切相联,在郭沫若这里,语言音乐性与诗的情绪能否合拍也是颇为重要的,为找到与内在韵律合拍的外在

㉘ 郭沫若.诗歌底创作(续完)[J].文学,1944,2(4):1,下同。

韵律,哪怕自由诗的语言锤炼比写作"韵语"更难,也值得一试。

至于郭沫若的内在韵律,在我看来只是一种类比式的表达法,作为语言音乐性的韵律本无所谓内外,他用"韵律"或"音乐的精神"来类比诗的情绪的消涨,就像瓦莱里用"音乐化"这一表达法来形容诗的世界中事物与生命的相互共鸣。有不少研究者直接称内在韵律为"内在音乐性",相应地也有一个"外在音乐性"与之配对(在不同的研究者那里,"外在音乐性"的含义还有微妙的差别,有的相当于郭沫若的外在韵律或者说语言音乐性,有的范围窄一些,相当于格律)。我曾说诗歌音乐性至少包含两个层次,乐曲音乐性和语言音乐性,而我认为内在音乐性和外在音乐性只是一种人为的、不尽确当的划分,如果要继续对诗歌音乐性进行分层的话,不是在语言音乐性之下分出内在和外在两层来,而是另辟一个独立于乐曲音乐性和语言音乐性之外的层次,也许可称之为广义的音乐性。总的来说,这是一种以类比为基础的、广义的诗歌音乐性,虽然语言音乐性的提法也是用语音来比附音乐,但毕竟两者同属声音,其关系比诗的"情绪的自然消涨"和"音乐的精神"之间的关系要紧密得多。之所以要把这种广义的音乐性纳入我的观察范围,是因为在新诗音乐性的问题史上,郭沫若的上述观点总有不绝的回响,戴望舒的《望舒诗论》就是一个典型的例子,而郑敏在新诗的世纪末回顾中则对徐志摩、闻一多等人的格律化尝试进行重新解读,认为他们"不是在建造一种外形的格律,而是在寻找那无形而又如血脉贯通全诗的诗的音乐性"㉙。徐志摩、闻一多等人到底是在建造外形的格律还是在寻找无形的音乐性,留待有关章节详论。"无形而又如血脉贯通全诗的诗的音乐性"这样的措辞,不能不让人联想到郭沫若的"内在律则为无形的交流",似曾相识燕归来。

这种似曾相识不仅发生在中国新诗中,新托马斯主义者、法国哲学家雅克·马利坦的艺术哲学著作《艺术与诗中的创造性直觉》辟专章讨论诗中"音乐的内在化",其理论与郭沫若的观点颇多共通之处,中国的一些研究者谈诗歌音乐性时也喜欢援引马利坦的理论。郭沫若曾说关于内在韵律的看法是他自己在心理学上求得的一种解释,前人已曾道过与否不得而知,何况马利坦这本书是1952年所做一系列演讲的讲稿,郭沫若未曾受其影响是显而易见的。马利坦认为诗中有"两种截然不同的音乐(在称谓它们时,音乐一词仅有类推的意义)",存在于灵魂之中的"直觉推进的内在音乐"大体相当于郭沫若的内在韵律,它是"听不到的、无形无声的音乐",就好像内在韵律诉诸心而不诉诸耳,"词语的音乐"则是我们说的语言音乐性,也就是郭沫若的外在韵律。㉚ 马利坦指出:"对古典诗来说,词语的音乐是绝对的需要;同词语的

㉙ 郑敏. 世纪末的回顾:汉语语言变革与中国新诗创作[J]. 文学评论,1993,(3):12.

㉚ 雅克·马利坦. 艺术与诗中的创造性直觉[M]. 刘有元,罗选民等译. 北京:三联书店,1991:219-235,下同。

音乐一道的,还有押韵和对于正规形式的所有韵律学的要求。"而在现代诗里,所谓"音乐的内在化"发生了,"词语的音乐仍旧是需要的,但它将更重要的位置让给了另一种更内在的音乐",为了把更重要的位置让给直觉推进的内在音乐,"现代诗不得不省却诗的常见的形式,省却节奏的必要性以及其他古典诗的韵律要求"。马利坦所说的节奏显然不包括非重复性的节奏,古典诗对于正规形式的韵律要求则是指格律定式。他进一步说明现代诗所遵循的原则:"每一刻都取决于听觉的正确性,取决于诗中的每一个词和所有的词,以及诗中的韵律和乐段与灵魂中的诗性直觉所激起的无声音乐完美的协调这一事实。"这里所说的韵律是省却了"正规"要求之后的韵律,它和诗性直觉的内在音乐的完美协调,正像郭沫若的外在韵律和情绪的潮流合拍时所取得的效果。至于"听觉的正确性"这一说法,则和中国诗人周无推重的诗人的"审音力和触认力"不无相似。关于词语的音乐亦即语言音乐性的必要性,马利坦有一段十分精辟的议论:

现代诗经常省却,或被认为省却了词语的音乐(着重号为引者所加)。这样,它要么在现实中寻找一种更加激烈的、破碎的、并不令人愉快但仍然是音乐的音乐,要么就失去或除去一个不可省却的成分,因为它深信词语的音乐妨碍或掩饰了意象的内向推进的表达。这只是因为诗人自身的力量在效力上过于微弱的缘故。因为词语作品中的词语的音乐是对那在诗性直觉中被激起而听不见的音乐的一个必要的回音。在最优秀的现代诗中,这种内在的音乐具有更强烈的表现力和说服力,因为词语的音乐更纯洁,更真挚。

需要注意的是,马利坦的见解和郭沫若的仍有微乎其微的差别。1920年代的郭沫若把语言音乐性看作可有可无的工具,而1944年的郭沫若承认语言音乐性的必要性,其实主要是由于意识到了其必然性。内在韵律一旦形诸文字,就等于裸体美人穿上了衣裳,衣裳固然不能不穿,但只要不是一件把人漫画化的不合身的衣裳(亦即外在韵律不与情绪的潮流有明显的冲突),便不致对诗之为诗的第一要义——内在韵律——造成破坏。至于衣服是朴素还是华丽、能否为美人增辉,这都还是第二义。马利坦的意思仿佛也差不多,但他把词语的音乐比作内在音乐的必要回音,而非不得不穿的衣裳,它的必要性是一种积极的而非消极的必要性。它不但不会妨碍内在音乐的表现,而且对其表现有相当的助益。词语的音乐可能是激烈的、破碎的、并不令人愉快的,但仍然是音乐。只要是音乐就不该被省却,换言之,如果诗人从诗中除去了不可省却的词语的音乐,我们就可以质疑他的作品还是不是诗。是不是音乐(当然,词语的音乐与内在的音乐都是马利坦所谓"类推的"音乐)与是不是诗,在马利坦这里就像一个二而一的标准。和郭沫若相比,可以说马利坦对诗人自身的力量有更高的要求。郭沫若虽然也主张诗人锤炼语言,但细读他的文章,我们总能发现一些潜台词,仿佛在表达这么一种保留意见:为免弄巧成拙,不锤炼也无不可。而在马利坦看来,诗人不仅要听从内心的音乐,还要尽一切力量使省却了"诗的常见的形式"之后的词语的音乐更纯洁、更真挚,成为内在音乐的强烈回音。如果说截至1944年,郭沫若的诗之标尺只存在于内在韵律中,那么在马利坦这里,内在的音乐和词语的音乐都不是唯一的标尺,都不足以单独成为区分诗和其他文类的依据,也许只有两者的联合才能达成马利坦眼中和心中的诗。

马利坦的内在音乐概念同样是一种广义的音乐性,马利坦是在他的新托马斯主义神学/哲学体系里谈论诗的内在音乐的,"音乐"是一个仅有类推意义的称谓。对于诗的广义音乐性——如同我已经说过的,有时被称作内在音乐性——一些学者颇有微词。我在导言第一部分提到过吕进主编的《中国现代诗体论》,该书的第一章《总论》(吕进执笔)表述了如下观点:

> 从诗体特征讲,音乐性是诗与散文的主要分界。……内在音乐性是内化的节奏,是诗情呈现出的音乐状态,即情感的图谱,心灵的音乐。外在音乐性是外化的节奏,表现为韵律(韵式,节奏的听觉化)和格式(段式,节奏的视觉化)。内在音乐性就是音乐精神,它并非只属于诗歌,而是一切艺术的本质和最高追求。一切高品位的艺术都因其心灵性而靠近音乐,甚至可以说,艺术都是一种音乐。只有外在音乐性

才是诗的专属,它是诗的定位手段。一种情感体验可以外化为小说、戏剧、散文,但只要有了外节奏,它就外化成了诗。㉛

接着吕进还提到,中国新诗的诞生受外来影响,其时正是外国诗歌的非格律化大潮汹涌澎湃的时候,由此,音乐性成了新诗的弱项。首先我们可以看出,吕进并不认为外在音乐性是诗与散文的唯一分界,事实上恐怕很少有人会如此认为。该书其他章节谈到过吕进眼中的另一个分界,即所谓审美视点问题,这不属本书研究的范围,无须深论。但从诗体特征讲,吕进显然把外在音乐性看作一个主要的分界。他把外在音乐性界定为韵律(韵式)和格式(段式),仅作为韵式的韵律和我所理解的韵律不同,而无论如何,韵式也好,段式也好,格式也好,无疑都属于被当作一种模式固定下来的格律的范畴。可以说,他和马利坦都很重视语言音乐性,都认为语言音乐性中存在着诗的标准和尺度,只不过两把游标卡尺的游标处于不同位置,吕进推重格律,认为非格律化的新诗,其音乐性是弱于格律诗的,马利坦则更看重省却了格律定式后的词语的音乐,每一刻都取决于"听觉的正确性"的词语的音乐,可以更好地表现直觉推进的内在音乐。

吕进对于内在音乐性的界说基本上相当于郭沫若的内在韵律,"内在音乐性就是音乐精神"一语也透露了一些端倪。他姑且

㉛ 吕进.中国现代诗体论[M].重庆:重庆出版社,2007:9-10,下同。

同意有内在音乐性存在,但表示一切高品位的艺术都因其心灵性而靠近音乐,音乐精神或曰内在音乐性是一切艺术的本质,并非专属于诗歌,因而不能把它当作诗的定位手段。从他对"情感的图谱"和"心灵的音乐"的同位语式的使用,可以推测他所说的"心灵性"大体上即是指情感性。历来的文艺理论每每强调作品须表现"心灵"和情感,谈到音乐,更有这样一种十分流行的观点:音乐的存在理由在于对作曲者心灵"情感活动"的表达。对现代音乐不满的人就曾批评斯特拉文斯基的音乐未能表现自我的情感活动,并认定这是由他"心灵的贫乏"造成的。[32] 但须知包括音乐在内的各种艺术都有可能建造一种瓦莱里所谓的没有先例的感情,这感情的原因只存在于其自身之中,而不存在于人生的体会之中。在这个意义上,可以说各种艺术都一样——而不是其他艺术因具有了心灵性/情感性而靠近音乐,或把音乐精神作为自己的最高追求——它们所包含的情感的各各不同和不可通约正是它们唯一的共同点。人生的情感体验与小说、戏剧、散文或诗中的情感可能"在总的调子上一致"(如韦勒克和沃伦所说[33]),但这些独异的情感并非由它简单"外化"而来。郭沫若说诗的本身乃是情绪的潮流,正说明他看到了这种情绪潮流既不同于一般意

---

[32] 参见米兰·昆德拉.被背叛的遗嘱[M].孟湄译.上海:上海人民出版社,1995:50-91.
[33] 勒内·韦勒克,奥斯汀·沃伦.文学理论[M].刘象愚,邢培民,陈圣生等译.南京:江苏教育出版社,2005:144.

义上的情感㉞,也不同于其他类型作品中的情感。至于为什么郭沫若独独要把它和"音乐的精神"相类比,就像马利坦把他的诗性直觉的推进称为音乐,或瓦莱里把他的诗的世界表达为音乐化了的世界,恐怕只能归因于他们出于各自的原因对音乐的偏爱,而不能据此断言音乐才是最具心灵性/情感性的高品位艺术。

无论《中国现代诗体论》的有关论述是否切中郭沫若内在韵律理论的要害,它至少折射出这样一个现实:对于诗与其他文类的界限何在,起码有三种不同意见。有人认为诗的本质只取决于是否具备广义的音乐性;有人认为广义音乐性和语言音乐性共同为诗与非诗划定界限;有人则不同意广义音乐性可以作为诗的标准,而特别注重语言音乐性的有无,遑论人们对语言音乐性的认识还存在着颇多的不一致。仅就中国新诗史而论,这样的争议同样存在,而且贯穿始终。可以说,这是中国新诗音乐性问题史上的另一个主要争议。

综上所述,我们看到人们关注诗的所谓音乐性问题的两重原因:一、诗和音乐的历史亲缘,虽然这种亲缘关系随着历史的演化正变得日益淡薄,但仍有相当多的人相信它的强大力量;二、诗

㉞ 郭沫若在《论节奏》中曾说:"一切感情,加上时间的要素,便要成为情绪的。"情绪氤氲中的观念推移则表现而为诗歌,初步区分了诗的情绪潮流和一般意义上的情感。参见郭沫若. 文艺论集·论节奏[A]. 见:郭沫若. 郭沫若全集文学编(第十五卷)[M]. 北京:人民文学出版社,1990:353-361.

语言在声音层面与音乐的相似性,严格来说文学语言都有其声音特性,诗和其他文类在这方面只具有程度性差异,然而人们往往关心这种差异是否不应小于某个限度,限度又在哪里。由此,我们也为诗歌音乐性划分了三个基本层次:乐曲音乐性、语言音乐性和广义音乐性。乐曲音乐性源于诗和音乐的历史亲缘,语言音乐性和广义音乐性均基于诗和音乐的相似性,前者作为与意象相融合的韵律,以语音为核心,因而和音乐有更大的可比性,后者则涉及诗的意义、情感等范畴,常被指认为诗的文类特性(所谓"诗性")。对中国新诗而言,乐曲音乐性是否已被语言音乐性所取代?如果它依然存在的话,它能否成为语言音乐性的辅佐甚至表率?语言音乐性和广义音乐性之间又是怎样一种关系?在新诗音乐性的问题史上,这些思考引发了我们所说的两个主要争议,即围绕新诗与音乐、新诗与歌之间关系的争议和围绕新诗与其他文类界限的争议。第一个争议与乐曲音乐性有关,第二个争议则与人们对语言音乐性和广义音乐性的不同认识有关。

三、问题的历史

通过以上的共时性研究,我们对诗歌音乐性概念作了辨析,但要对新诗音乐性问题史上人们诸多层面的困扰和求索进行阐明,仅靠共时性分析是远远不够的。对即将开始的历时性研究,这里先作一个简要的说明。

上文谈到了贯穿新诗音乐性问题史的两个主要争议,但问题史毕竟不能被简化为争议史,何况争议本身呈现出的也并非简单的二元对立格局。我在导言开头提到的那些关于诗歌音乐性的理论阐释文章中,有一篇《现代诗歌的音乐性研究》,文中有这样一段话:"中国诗人(此指新诗人,引者按)对音乐性的追求带有明显的流派特征和个性化色彩,其理论和方法来源各不相同,倚重西方文化理论,缺乏融合,带有一定程度的非连续性和不彻底性。"㉟也许正是因为这个原因,这篇文章的作者选择了对"现代诗歌"(含外国现代诗歌)的音乐性作理论阐释,而未与中国新诗的历史事实多作勾连。事实上,不仅是作为个体的新诗人对音乐性问题的认识带有一定程度的非连续性和不彻底性,同一个人的理论主张和写作方式前后不一或自相出入的情况时有所见,在个体与个体之间,无论是在流派内部还是以外,看似谈论着同样的问题,实则所指不尽相同甚至大相径庭的情形也是屡见不鲜,也难怪会彼此抵牾、南辕北辙、纠缠不清了。但无论如何,人们所关心的问题仍相对集中在一定范围内,其实质都不离诗歌音乐性的三个层次,而且或多或少带有上述两个主要争议的色彩。这些问题之所以会轮番地、反复地出现,各各在不同的时期成为人们关注的焦点,固然与新诗自身发展的内部需求有关、与文学外部的

㉟ 周锋.现代诗歌的音乐性研究[J].嘉兴学院学报,2007,19(4):124.

历史政治因素有关,也未尝不是因为人们对诗与音乐的亲缘性和相似性有着一份轻易放不下的执着。

我曾说希望我的论文能描述这段问题史中人们所作的有关努力的大致线索,必须看到,这段历史呈现出的面貌绝非单一线索的演进,也不是二元对立式的拉锯战,毋宁说这是一个立体的、多线并行的结构。分属诗歌音乐性三个层次的具体问题在这个结构里分别展开,其进程在某个时间段内也许并非完全同步,但总的来说仍然是同时并行的。很难说这种进程是一路向前的,反复是常有的事,然而方向感依旧存在。如前所述,中国新诗自有其传统,这种传统在传承、颠覆和再发展中进行,有时曾经被讨论得烂熟的一个具体问题隔了一段时间又会以新的形式再次出现,仔细考究之后,我们会发现,这并不是完全的旧事重提,问题多少已经在过程中发生了一些变化。

王光明《现代汉诗的百年演变》一书对中国新诗的演变历史进行划分,分为破坏期(晚清至"五四")、建设期(1920年代至1940年代)和分化期(1950年代至今,以1980年代中期为界,又可分为两段,虽同属分化期,但造成分化的原因不同,实际状况也有所不同)三个时期。[36] 纵观1917年至1949年的新诗音乐性问题史,我认为可以把它划分为草创期和建设期两个时期,名目与王光明的略有重合,彼此的着眼点却不相同。我所做的是问题史

---

[36] 王光明.现代汉诗的百年演变[M].石家庄:河北人民出版社,2003:10-18.

研究,分期的主要依据是,围绕与新诗音乐性各层次相对应的具体问题进行的探索是否均已告一段落,每一时期内部是否具有相对的整一性。当然,和一般的文学史或文类史一样,新诗音乐性问题史的面貌也会受到外部环境和社会历史变迁的影响,任何分期都只能是相对的。

罗曼·雅各布森在一篇题为《主导》的演讲词中,对俄国形式主义文论中的"主导"概念进行了阐述。在他看来,"主导"是决定作品文类特性的成分:"诗本身就是一个价值系统;正如任何价值系统的情况一样,它也具有自身的高级价值和低级价值,同时还具有一个最主要的价值,即主导成分,要是没有它,(在某个文学时期和某种艺术倾向的框架内)诗就不会被想象和估价为诗。"[37]他举捷克诗歌为例,在14世纪、19世纪后期和20世纪的捷克诗歌里,决定诗之为诗的"主导"因素分别是押韵、音节安排和语调统一,这三种因素可以在任一时期的某首具体诗作中并存,但其中必有一种因素是时人把作品想象和估价为诗时不可或缺的因素。由此,他得出这样的观点:"诗的形式的演变,与其说是某些因素消长的问题,不如说是系统内种种成分之间相互关系的转换问题。换句话说,是个主导成分转换的问题。"[38]雅各布森

---

[37] 罗曼·雅各布森.主导[A].任生名译.见:赵毅衡.符号学文学论文集[M].天津:百花文艺出版社,2004:8-9.

[38] 罗曼·雅各布森.主导[A].任生名译.见:赵毅衡.符号学文学论文集[M].天津:百花文艺出版社,2004:11.

关于"主导"的理论其实可以移用到中国新诗音乐性问题史的研究中来。就像在不同文学时期和艺术倾向的框架内,决定诗的文类特性的"主导"成分会从一种因素转换成另一种因素一样,新诗音乐性问题史的演变,某种意义上也可说是其"主导"倾向在各个时期里发生转换的过程。在问题史的每个时期里,分属新诗音乐性三个层次的具体问题可能分别得到注意,而其中必有某个/某些问题或意见成为该时期的"主导",成为大多数人眼中新诗音乐性的关键成分,成为决定新诗之为诗的关键因素,不同时期的"主导"各不相同。当然,"主导"理论的应用只是考察新诗音乐性问题史的方法之一,在这里,"窥一斑以知全豹"的态度终究是不可取的。

下面简略地介绍一下我所观察到新诗音乐性问题史草创期和建设期的主导性倾向。一、草创期,以 1917 年 2 月 1 日《新青年》二卷六号发表胡适的《白话诗八首》为起点,至 1922 年止。1919 年,胡适在《尝试集》的《自序》里说"我们这班白话诗人"三年来做了种种音节上的试验,"要看白话是不是可以做好诗,要看白话诗是不是比文言诗要更好一点"。[39] 在它的草创阶段,中国新诗首先要打破的,是旧诗谨严而无法适用于新的诗歌语言的格律模式,首先要挑战的,是人们心中关于诗的语言音乐性的根深蒂

---

[39] 胡适.尝试集·自序[A].见:胡适.胡适文集(9)[M].北京:北京大学出版社,1998:82.

固的成见。诗人们在新诗音乐性的诸多方面进行的尝试和探索,使得诞生未久的新诗具备了"雏凤清于老凤声"的可能。二、建设期,从1923年陆志韦在《渡河》中初次倡导新诗的格律化开始,至1949年止。新诗走过的是一条从白话到现代汉语的路,在新诗音乐性的建设时期,诗人的主张与诗艺的琢磨涉及乐曲音乐性、语言音乐性和广义音乐性等不同层面,分别指示了不同的路向,其间外部历史环境非同寻常的激烈震荡,也使得这一阶段的问题史呈现出更为驳杂多样的面貌,而探寻现代汉语的诗律学或做诗法,可谓其中居于主导地位的倾向。

如同我已经说过的,我的分期只是相对的,1917年至1949年的中国新诗音乐性问题史中,必有不能为以上分期所囿的东西,为两个时期划界的年代也不是判然两分的绝对界限。此外,我的主要考察对象只能是新诗历史中与音乐性问题密切相关的部分,无法一一囊括这段历史中所有重要的现象、诗人和诗作,某种程度的遗漏在所难免。接下来我将逐一对草创期和建设期进行考察,要走的路还长着呢,须当上下而求索。

上编　草创：雏凤清于老凤声

第一章　自由与自然

1917年肇始的白话诗/新诗运动,是以语言的变革为先导和主要标志的。如蔡元培所说,清末民初时,白话文已颇为流行,"但那时候作白话文的缘故,是专为通俗易解,可以普及常识,并非取文言而代之。主张以白话代文言,而高揭文学革命的旗帜,这是从《新青年》时代开始的"。[40]

1917年2月1日二卷六号的《新青年》同时刊发了陈独秀的《文学革命论》和胡适的《白话诗八首》,在"文学革命"的大旗下,白话诗一马当先。胡适等"文学革命"干将主张用鲜活的白话取代已"死"的文言,有了清末民初的大量白话文写作实践,用白话写文章(虽然还谈不上什么自觉的文学创作)的可行性已经得到了证实,接下来自然就要向语言的高地——诗——发起冲锋。

---

[40] 蔡元培.总序[A].见:胡适.中国新文学大系·建设理论集(影印本)[M].上海:上海文艺出版社,2003:10.

瓦莱里《诗与抽象思维》中的小孩子在学会走路和说话之后，又发现了动作和语言的"第二类用处"——舞蹈和诗[41]，在中国新诗的草创阶段，用白话做诗的人们就像这个小孩子，以白话写文章普及常识之外，他们还要看看能否用白话来做诗，从而全面占领曾属于文言的地盘。这个朝气蓬勃的小孩子说干就干，在舞蹈中学习舞步，试图用"实地试验"来证明"白话可作韵文的唯一利器"[42]，其写作"试验"和理论探索的焦点之一就是新诗的音乐性。当然，新诗诞生之初，诗人和热心于新文学的人们发表的有关新诗音乐性的众多言论，所使用的名目并不那么统一，有的称新诗音乐性为"音节"（如胡适《谈新诗》、宗白华《新诗略谈》等，需要说明的是，这里的"音节"不同于语言学术语"音节"，不可混淆），有的称之为"音律"（如田汉《诗人与劳动》，宗白华《新诗略谈》中有时也使用"音律"一词），也有采用"节韵"（如周无《诗的将来》）、"声调"（如郎损（沈雁冰）《驳反对白话诗者》，在此，"声调"同样不是语言学术语，指的并不是汉字的声调）、"韵律"（如郭沫若《论诗三札》）等词的，不一而足。有些名目固然是对中国古典诗学名词的沿用，但多在新语境下作出了新的界定和诠释。诗人们的尝试和探索涉及新诗音乐性的不同方面，由于诗歌语言

---

[41] 保罗·瓦莱里. 诗与抽象思维[A]. 见：保罗·瓦莱里. 文艺杂谈[M]. 段映虹译. 天津：百花文艺出版社，2002：292-293.
[42] 胡适. 尝试集·自序[A]. 见：胡适. 胡适文集（9）[M]. 北京：北京大学出版社，1998：82.

发生了重大变化,新诗的语言音乐性也就成了其中首当其冲的方面。

最初几年里,诗人们称他们实地试验的作品为白话诗,后来才改称新诗,这也许是因为他们视语言(白话)为诗歌革"新"的基础。事实上新诗一词在中国文学史上并非第一次出现,白话诗这个概念倒是前所未有的。之前的"新派诗"也好,"新学之诗"("新诗")也好,"诗界革命"也好,都未把中国诗的革新落实到语言层面,只有白话诗才是真正地立足于语言,从语言出发来开辟诗歌的新路。

朱自清说清末的"诗界革命"虽然失败了,但它在观念上,不在方法上,对胡适他们的新诗运动有很大的影响[43],其实两者在观念上的距离也已经不小。梁启超在《夏威夷游记》(初次发表时题为《汗漫录》)中首倡"诗界革命",并强调在诗中引入"新意境"和"新语句"时必须兼具"古人之风格",否则便不成其为诗。[44] 后来在《饮冰室诗话》里,他又提出:"然革命者,当革其精神,非革其形式。吾党近好言诗界革命。虽然,若以堆积满纸新名词为革命,是又满洲政府变法维新之类也。能以旧风格含新意境,斯可以举

---

[43] 朱自清.导言[A].见:朱自清.中国新文学大系·诗集(影印本)[M].上海:上海文艺出版社,2003:1.

[44] 梁启超.夏威夷游记[A].见:梁启超.饮冰室合集·专集第五册[M].上海:中华书局,1936:189.

革命之实矣。"㊥悄然把新语句/新名词推到一边,将"诗界革命"的纲领总结为"以旧风格含新意境"。虽然前有黄遵宪"我手写我口"的主张,后有《清议报》《新民丛报》等刊物上发表的众多具有通俗化倾向的诗作,晚清的一系列诗歌革新运动在诗的语言、形式、体制上并没有真正的突破,大部分作品的文体/语体风格仍较近于文言而非白话,也谈不上彻底废除旧有的诗歌格律。即以梁启超的诗歌作品论,其中固然有许多不拘平仄对仗的五七言古体诗,甚至出现了像《雪庵行》《志未酬》《二十世纪太平洋歌》这样三、四、五、七、八、九、十言,乃至十一、十二、十三、十九言混用的杂言诗(或曰长短句),但平仄谨严、对仗工稳的近体诗(律诗、绝句)仍然为数不少。

白话诗的情况则大不相同。胡适认为一些人对文学革新的倡导之所以最终流于空谈,是因为"他们都说文学革命决不是形式上的革命,决不是文言白话的问题"㊷,殊不知"'文字形式'往往是可以妨碍束缚文学的本质的"㊼,这与梁启超革命当革其精神而非形式的意见可谓针锋相对。他援引西方的"旧皮囊装不得新酒"(与梁启超的"以旧风格含新意境"恰成对比)和中国的"工欲

㊥ 梁启超.饮冰室诗话[A].见:梁启超.饮冰室合集·文集第十六册[M].上海:中华书局,1936:41.
㊷ 同㊷.
㊼ 胡适.逼上梁山[A].见:胡适.中国新文学大系·建设理论集(影印本)[M].上海:上海文艺出版社,2003:9.

善其事，必先利其器”两句老话，称文字形式为文学的“工具”，力主以白话这个更加适用的“工具”来写诗。㊽ 至此，中国诗的语言终于开始呈现出迥异于前的面貌，与此同时，废除诗律的要求也被明确提出。胡适那篇著名的《文学改良刍议》发表在 1917 年 1 月 1 日二卷五号的《新青年》上，比陈独秀《文学革命论》更早，其文学改良之“八事”中不但有以提倡白话为旨归的“不避俗字俗语”，还有“不讲对仗”一条。㊾ 对仗原是旧诗格律中颇为重要的一项，胡适认为排偶虽然是人类语言的一种特性，但如运用时非要规定其字之多寡、声之平仄、词之虚实，则不符合语言之自然，未免“牵强刻削”，“此吾所以有废骈废律之说也”，议论至此，实际上已将“不讲对仗”扩大为废除诗律。稍后他在《建设的文学革命论》里将“八事”略加改动为“八不主义”，其中“不讲对仗”变成更加直截明了的“不重对偶：——文须废骈，诗须废律”。㊿ 此时胡适心目中亟需废除的主要还是注重平仄对偶的律诗，后来又推而广之到一切“束缚精神的枷锁镣铐”，追求“诗体的大解放”(51)，这一点下文还将详论。

㊽ 同㊼.

㊾ 胡适. 文学改良刍议［A］. 见：胡适. 中国新文学大系·建设理论集（影印本）［M］. 上海：上海文艺出版社，2003：41-42，下同。

㊿ 胡适. 建设的文学革命论［A］. 见：胡适. 中国新文学大系·建设理论集（影印本）［M］. 上海：上海文艺出版社，2003：128.

(51) 胡适. 谈新诗［A］. 见：胡适. 中国新文学大系·建设理论集（影印本）［M］. 上海：上海文艺出版社，2003：295.

伴随着语言的深刻变化,新诗首先打破的,是旧诗谨严而无法适用于新的诗歌语言的格律范式;首先挑战的,是人们胸中关于诗的语言音乐性的根深蒂固的成见。在这个过程中,"自由"与"自然"是经常被提到的两个关键词。

第一节 为自由诗/散文诗的辩护

吴思敬在《新诗:呼唤自由的精神——对废名"新诗应该是自由诗"的几点思考》一文中指出:"新诗诞生伊始被称为白话诗,而白话诗这一称呼,几乎是可以与自由诗互换的。"[52]确实,白话诗/新诗早期的作品,冲破了旧诗固有的各种形式规范,长短参差,句无定字,不讲平仄,不重对偶,有些诗虽然押韵,但韵脚位置随意,用韵较疏也较宽,还有用方音押韵的(刘半农《我之文学改良观》里谈到"破坏旧韵重造新韵"的三种方法,其一就是"作者各就土音押韵",认为此法固不甚妥当,总比拘执于旧韵要好[53]),完全不押韵的诗也不在少数。这些作品虽偶或带着些"放脚"的遗痕,但总的来说都可被归入自由诗之列。朱自清在《中国新文

---

[52] 吴思敬.新诗:呼唤自由的精神——对废名"新诗应该是自由诗"的几点思考[J].文艺研究,2010,(3):38.
[53] 刘半农.我之文学改良观[A].见:胡适.中国新文学大系·建设理论集(影印本)[M].上海:上海文艺出版社,2003:69.

学大系·诗集》的《导言》中将这个时期的诗人们称为"自由诗派",并认为新诗运动所受的最大影响是外国的影响,自然音节和诗可无韵的说法同样是受了外国自由诗的影响。[54]而"自由诗"(法语 vers libre,英语 free verse)一词确也是田汉在《少年中国》上撰文介绍惠特曼时译介过来的。

新诗运动的主将们并不讳言自己所受的外来影响。在胡适眼里,中国的新文化运动与欧洲的文艺复兴"有一项极其相似之点,那便是一种对人类(男人和女人)一种解放的要求,把个人从传统的旧风俗、旧思想和旧行为的束缚中解放出来。欧洲文艺复兴是个真正的大解放的时代。个人开始抬起头来,主宰了他自己的独立自主的人格;维护了他自己的权利和自由。"[55]这与蔡元培为《中国新文学大系》撰写的《总序》中"欧洲近代文化,都从复兴时代演出……五四运动的新文学运动,就是复兴的开始"[56]的观点同调。胡适把"文学革命"看作崇尚个性解放与自由的"中国的文艺复兴"的重要一环,它所倡导的新诗要表现新内容和新精神,自然首先要打破形式上的束缚,使用"活"的语言,为诗解除镣铐,于

---

[54] 朱自清.导言[A].见:朱自清.中国新文学大系·诗集(影印本)[M].上海:上海文艺出版社,2003:1-8.

[55] 胡适.胡适口述自传[A].见:胡适.胡适文集(1)[M].北京:北京大学出版社,1998:340-341.

[56] 蔡元培.总序[A].见:胡适.中国新文学大系·建设理论集(影印本)[M].上海:上海文艺出版社,2003:3.

是“新文学的语言是白话的,新文学的文体是自由的,是不拘格律的”(57)。诚如吴思敬《新诗：呼唤自由的精神——对废名“新诗应该是自由诗”的几点思考》所云,自由诗的“自由”二字亦可说是从内在精神角度对新诗品格的概括。(58) 俞平伯曾说“我对于做诗的第一个信念是‘自由’”,并表示这自由是写作者在个性自我和语言文字两方面都理应享有的自由。(59) 诗人们尽皆注重精神的自由发展,无怪乎新诗一发轫便决然抛弃了旧诗的格律模式,与当时欧美方兴未艾的自由诗潮流一拍即合了。

需要指出的是,新诗运动初期的代表人物,文学观和语言观往往带有一定的进化论、工具论色彩,他们谈论新诗废格律而尚自由的趋向时,多偏于自身主观意图的表述,强调为了达到文化和文学“进化”的目的,必须对所谓的思想和精神的“运输工具”——语言——的体制与形式大加改造。其实语言运作自有其内在的规定性,诗的语言既已经历了釜底抽薪式的变革,其语音系统的组织方式随之发生变化(无论是趋于自由还是逐渐产生新的规范,总之不再因循旧有的模式),原也是势所必然的客观结果。彼时汉语言文分离已久,旧诗格律早已不符合口语之自然,诗歌语言从文言变为白话之后,如果像过去那样斤斤于字之多

---

(57) 同(51).

(58) 吴思敬. 新诗：呼唤自由的精神——对废名“新诗应该是自由诗”的几点思考[J]. 文艺研究,2010,(3)：36-37.

(59) 俞平伯. 诗底自由和普遍[J]. 新潮,1921,3(1)：75.

寡、声之平仄、词之虚实,自不免"牵强刻削"、难以为继。

在新诗的最初几年里,自由诗这个名词尚未广泛流传,人们说到"不限音节不限押韵"(刘半农语)的新诗时,除了自由诗以外,也经常会使用无韵诗、散文诗等其他字眼。时人常说的无韵诗并不是指英诗中的抑扬格五音步无韵体诗(blank verse,又译白体诗、素体诗,虽不押韵,但因讲究音步的抑扬,仍属格律诗范畴),这里的"无韵"二字,虽然主要是指不押韵,但也有摒弃汉诗历来的韵律规范之意。然而传袭千年的诗学规训岂是那么容易被全面摒弃的,《胡适口述自传》里说当时诗歌已经成为白话文唯一有待克服的堡垒[60],也是因为中国向称"诗国",新文学运动在诗歌领域受到的抵制最为执拗而持久之故。守旧力量对新诗的非议,除了使用"引车卖浆者流"的口语之外,主要便集中在它那干冒大不韪的"自由"、它的"无韵",以及"作诗如作文"等与诗的语言音乐性有关的方面。即使在白话诗诞生好几年之后,胡适等一干白话诗人的尝试也已初见成效,章炳麟在《答曹聚仁论白话诗》中仍以白话诗"无韵"为由,不承认它是诗。他首先强调"诗之有韵,古今无所变",复论诗有韵与否的重要性:"夫文辞之体甚多,而形式各异。非求之形式,则彼此无以为辨……仆所谓形式者,亦只以有韵无韵为界。若夫属句长短不齐,则乐府已然,所不

---

[60] 胡适.胡适口述自传[A].见:胡适.胡适文集(1)[M].北京:北京大学出版社,1998:339.

论已。”(61)他认为诗之属句长短不齐亦属古今通例,因此并不强求白话诗做到句有定字,而有韵无韵则是文类(“文辞之体”)之间彼此区别的形式界限,白话诗无韵,所以不妨另给它一个名称,却不应强称之为诗。章炳麟是主张诗与其他文类之间的界限主要在于形式、在于有韵与否的,因此下文又说“以广义言,凡有韵者,皆诗之流”,箴诔哀词乃至百家姓俱属此类。这一观点和我在导言中提到过的吕进的观点相比,对韵律定式就是诗与其他文类之界限的强调,可谓有过之而无不及。以此为据,章炳麟乃一笔抹倒了无韵的白话诗之为诗的合法性。我在导言里指出的新诗音乐性问题史中的主要争议之一——关于诗与其他文类界限的争议——在此已初露端倪。

当时与自由诗、无韵诗并用的还有散文诗一词,这种并用也可说是混用,人们对于三者之间的差异不甚介意。“五四”前后新诗人所谓的散文诗和我们现在常说的散文诗并不完全相同,时人写文章援引西方“散文诗”作品为例证时,往往把惠特曼的作品(我们现在一般称之为自由诗)和波德莱尔的《巴黎的忧郁》相提并论。《巴黎的忧郁》又名《小散文诗》,波德莱尔自己说它是“诗的散文,没有节律,没有脚韵,但富于音乐性,而且亦刚亦柔,

---

(61)　章炳麟. 答曹聚仁论白话诗[A]. 见：王永生. 中国现代文论选(第一册)[M]. 贵阳：贵州人民出版社,1982：71,下同。

足以适应心灵的抒情的冲动、幻想的波动和意识的跳跃"[62],它为散文诗这一既不同于散文又与普通的诗歌有所区别的新文类奠定了基础。即使到了今天,散文诗到底属于诗还是散文,抑或既非诗又非散文而是一个独立的文类,仍是一个存在着争议的问题。由于散文诗和自由诗同样不遵循格律定式,一般而言,分行与否是我们现在据以区分散文诗和自由诗的唯一外部标识。中国诗人之所以每每把西方自由诗和散文诗作品混为一谈,谈到"不限音节不限押韵"的新诗时,也是有时称为自由诗,有时称为散文诗,而不论该作品是否分行书写/印刷,也许和中国诗原本不分行,新诗人虽受西诗影响而将自己的作品分行书写,但这一习惯形成未久,诗人头脑中"句"的意识仍旧多过了"行"的意识,因此对分行这个具有强烈的文类暗示意义的视觉信号不够敏感有关。新诗人对散文诗这个自己尚不充分了解的概念颇为钟情,时时挂在嘴边并竭诚为之辩护,让人联想到胡适"诗国革命何自始,要须作诗如作文"[63]的主张。需要注意的是,胡适在《逼上梁山》里解释自己"作诗如作文"的主张时,表示自己从宋诗中看出,中国诗发展的趋势便是作诗更近于作文、更近于说话,"宋朝的大诗人的绝大贡献,只在打破了六朝以来的声律的束缚,努力造成一

---

[62] 波德莱尔.献给阿尔塞纳·乌塞[A].见:波德莱尔.恶之花 巴黎的忧郁[M].钱春绮译.北京:人民文学出版社,1991:369.
[63] 胡适.逼上梁山[A].见:胡适.中国新文学大系·建设理论集(影印本)[M].上海:上海文艺出版社,2003:7.

种近于说话的诗体"㉞。他希望大家"作诗如作文",重点仍在打破声律束缚,以及诗语言、诗体的"近于说话",也就是他一贯主张的"诗须废律"和使用鲜活的口语(白话)。书面语无论和口语怎样接近,其间的距离也不可能(且没有必要)彻底消除,日常语言和诗歌语言之间就更是如此了。胡适不会不清楚这一点,他并不想取消诗的文类特性。胡适用"如"字,取的是"近于"的意思,"如"而不"同",否则又何须作诗,直接作文即可。在西方的文学类型学观念尚未输入中国以前,为区别于韵文和骈文,国人将不押韵、不重排偶的散体文章概称散文,这里的"散文"和现在常被作为文类之一种而与诗歌、小说、戏剧并列的"散文"并非两个重合的概念(胡适说宋人作诗如作文,他所谓"文"指的显然是散体文章而非韵文或骈文,同时也明显有别于现代文类中的"散文")。处于新旧交替、中西碰撞中的新诗人偏爱散文诗一词,其主因恰在于希望新诗能背离"韵"和"骈"而转向"散",希望这种在写作实践中已初步成形的自由格局能够得到国人的广泛认同。这一点从西谛(郑振铎)1922年初发表在《文学旬刊》上的《论散文诗》可以分明看出。

针对"非韵不为诗"的成见,西谛宣称"有诗的本质——诗的情绪与诗的想像——而用散文来表现的是'诗';没有诗的本质,

㉞ 胡适.逼上梁山[A].见:胡适.中国新文学大系·建设理论集(影印本)[M].上海:上海文艺出版社,2003:8.

而用韵文来表现的,决不是诗","诗之所以为诗,与形式的韵毫无关系了"。⑥ 他欣喜于新诗中的散文诗/自由诗(这两个名称他在同一篇文章中都用到了,所指也相仿佛)越来越多:"在实际上,诗确已有由'韵'趋'散'的形势了……许多人怀抱着'非韵不为诗'的主见,以为'散文不可名诗',实是不合理而且无知。"如果把这些话和章炳麟的诗正以有韵得名、箴诔哀词百家姓等韵文都算是"诗之流"的观点放在一起看,倒是相映成趣。

1922年的《文学旬刊》上连续发表了多篇为散文诗辩护的文章,王平陵的《读了〈论散文诗〉以后》是对西谛文章的应和,内有"由韵文诗而进为散文诗,是诗体的解放,也就是诗学的进化"⑥之语,把诗体解放——诗的由"韵"趋"散"——看作一种进化,与胡适《谈新诗》里的观点相类,而这也是当时许多新诗人的共同看法。

继西谛和王平陵之后,滕固也在《文学旬刊》发表《论散文诗》,把散文诗界定为诗与散文间的一个交叉文类或曰混合文类:"散文诗这个名词,我国没有的;是散文与诗两体,拼为诗中的一体。"⑥他追溯西方散文诗的源流,列举欧洲各国语言中称呼这种

---

⑥ 西谛.论散文诗[A].见:郑振铎.中国新文学大系·文学论争集(影印本)[M].上海:上海文艺出版社,2003:296-303,下同。

⑥ 王平陵.读了《论散文诗》以后[A].见:郑振铎.中国新文学大系·文学论争集(影印本)[M].上海:上海文艺出版社,2003:304.

⑥ 滕固.论散文诗[A].见:郑振铎.中国新文学大系·文学论争集(影印本)[M].上海:上海文艺出版社,2003:305-311,下同。

诗体所用的名词。我们看到,滕固举出的这些名称均由"散文"与"诗"两个单词(或其变体)共同构成,连拼写也相互近似。滕固也说它们"字面上都一样的",恰可与汉语中的"散文诗"三字对应。他认为波德莱尔的散文诗受到爱伦·坡散文的影响,未尝不可说爱伦·坡乃是散文诗的创始者。他列出爱伦·坡作品中的一些句子,画线段作图,来比拟它们的"散文的韵律"(prose-rhythm),以与普通的散文相别。波德莱尔说散文诗没有节律(此指规律性、重复性的节奏模式)和脚韵,但"富于音乐性",滕固从划分文本的意义/情绪片段入手,着眼于作品的广义音乐性,分析虽稍嫌粗疏,却也可算得其神髓。[68] 除了"各人有各人的韵律""内在的响亮"等广义音乐性元素外,他还归纳了散文诗的另外两个特征:有一种焦点,不像普通散文写景写情那样浮泛,亦即有诗的内容的表现;篇幅不长。他另画了三张图,构成一组,来标示散文诗的范畴:青与黄两个圆相交的部分为绿,诗与剧两圆相交为诗剧,诗与散文两圆的交集则是散文诗。滕固认为彼时中国的新诗大部分是自由诗,真正的散文诗则极少,并热忱地希冀它的出现能为中国诗坛开一新纪元。当时中国像滕固《论散文诗》那样,把散文诗看作诗之一体的同时指出它是诗与散文间的交叉文类,

---

[68] 散文诗并不是没有语言音乐性,但波德莱尔和滕固都更加注重其广义音乐性。值得一提的是,滕固读过郭沫若讨论诗的内在韵律的通信,并在《论散文诗》里援引了该信中有关散文诗的一些意见,这里他对韵律一词的理解和使用显然受到了郭沫若内在韵律理论的影响。

且能较为清晰地辨别自由诗和散文诗的,可谓十分鲜见。后来国人关于散文诗的看法固有进一步的发展,草创期新诗人推崇散文诗,主要目的其实还在于张扬"自由"的精神。

T.S.艾略特在《诗的音乐性》一文中曾如此表达自己对自由诗的态度:"对一个想要写好诗的人来说,没有一种诗是自由的。"⑥⑨艾略特本人的名作《荒原》就是以自由诗体写成,也许正是因此,他对自由诗的不自由,或者说诗的不自由的认识才格外深刻。我在导言中谈到过雅克·马利坦有关现代诗的词语的音乐(亦即语言音乐性)的见解,他认为现代诗的词语的音乐向诗性直觉推进的音乐让位,由此省却了常见的格律形式,"诗的形式是自由的,这种自由不是指摆脱任何规则束缚的自由,而是指摆脱任何有规律的先确定的形式的束缚"。⑦⑩他同样对现代诗的"自由"加以限制,现代诗虽应摆脱有规律的先确定的形式(如格律)的束缚,却必须服从于更高的艺术规则——创造性直觉以及为之服务的"听觉的正确性",现代诗的词语的音乐就取决于它。许多人觉得草创期的中国新诗在音乐性问题上只"破"不"立",其实以胡适为代表的一批早期新诗人固然渴望破除一切格律成规,某些作品确也有矫枉过正、散漫浮泛之嫌,但他们同样深知"白话诗

---

⑥⑨ T.S.艾略特.诗的音乐性[A].见:T.S.艾略特.艾略特诗学文集[M].王恩衷编译.北京:国际文化出版公司,1989:186.

⑦⑩ 雅克·马利坦.艺术与诗中的创造性直觉[M].刘有元,罗选民等译.北京:三联书店,1991:234-235.

的难处,正在他的自由上面"㉑,他们心中也自有一套关于诗、关于其音乐性的艺术准则。正所谓"成如容易却艰辛",早期新诗的一些佳作体现了在一种诗歌语言(现代白话文/现代汉语)的幼稚阶段就已存在的诗的自律,反过来又帮助了诗人的自我回顾与总结,使得这种自律更趋明确和完善。胡适对早期新诗创作经验的总结便是一个值得讨论的好例。

第二节 "自然二字也要点研究"

胡适在《尝试集》的《自序》里说:"我们主张白话可以做诗,因为未经大家承认,只可说是一个假设的理论。我们这三年来,只是想把这个假设用来做种种实地试验,——做五言诗,做七言诗,做严格的词,做极不整齐的长短句;做有韵诗,做无韵诗,做种种音节上的试验,——要看白话是不是可以做好诗,要看白话诗是不是比文言诗要更好一点。"㉒在未有白话诗/新诗之前的中国诗里,对音乐性的要求似乎是天经地义的,普遍的观念中,判断一首诗成不成诗,是不是"好诗",音节上成功与否是一条不可少的

㉑ 俞平伯.社会上对于新诗的各种心理观[A].见:胡适.中国新文学大系·建设理论集(影印本)[M].上海:上海文艺出版社,2003:356.
㉒ 胡适.尝试集·自序[A].见:胡适.胡适文集(9)[M].北京:北京大学出版社,1998:82.

标准,这是以胡适为代表的一班白话诗人/新诗人一开始就如此看重音节试验的原因。《尝试集》初版于1920年3月,是中国新诗的第一本个人专集,1920年1月初版的《新诗集》,问世时间比《尝试集》略早,则是中国第一部新诗选集。《新诗集》序文《吾们为什么要印〈新诗集〉》解释印行《新诗集》的四个理由时,提到时人对新诗的质疑,其中就有"音节也不讲"的责难。[73] 对怀疑派的非难作出回应,证明新诗也可以有好的音节,这是摆在早期新诗人面前无可推脱的责任,音乐性也从此成为中国新诗史上一个聚讼纷纭的重要问题。

在新诗的最初三个年头里,诗人们虽尽力用白话做诗,一心革除旧套,但由于"旧文学的习惯太深,故不容易打破旧诗词的圈套"[74],据胡适所见,那几年的新诗人里,除了会稽周氏兄弟之外,所写新诗大多带有旧式诗、词、曲的调子[75],亦即所谓"放脚诗人"。《尝试集》的《自序》写于1919年8月,文中尚未使用"新诗"一词,仍称"白话诗",胡适表示他们这些白话诗人的写作尝试,意在证明白话不但可以写文章写小说,也可用来写诗,且白话

---

[73] 新诗社编辑部.吾们为什么要印《新诗集》[A].见:陈绍伟.中国新诗集序跋选[M].长沙:湖南文艺出版社,1986:3.
[74] 胡适.尝试集·再版自序[A].见:胡适.胡适文集(9)[M].北京:北京大学出版社,1998:88.
[75] 胡适.谈新诗[A].见:胡适.中国新文学大系·建设理论集(影印本)[M].上海:上海文艺出版社,2003:300.

诗完全能够胜过文言诗,"白话可作韵文的唯一利器"[76]。无韵的白话诗虽已数见不鲜,作为新诗运动主将的胡适,头脑中却还残留着诗即是韵文的意识,可见惯性的力量实不容小觑。胡适自陈开始写白话诗虽可算最早,诗的变化却最迟缓[77],这一点从他自己描述的写作试验的历程里也可以看出来:从五七言到长短句——尽管是打破了平仄对偶等声律约束、用白话来写的五七言和长短句——再到充分采用白话的自然音节的真正的白话诗,一步步走来,变化确实略嫌迟缓。但有些变化一旦发生就不可逆转,当他的尝试之作"从那些很接近旧诗的诗变到很自由的新诗"以后,胡适回首来时路,自云"如同隔世"。[78]《自序》可谓胡适自身的经验谈,仅仅过去了两个月,他的《谈新诗》已正式使用"新诗"的名称,指认新诗为"八年来(指辛亥革命八年以来,引者按)一件大事"[79],"白话诗"的旧称虽也偶然在文中出现,但为新诗正名、树立新诗自己的艺术准则的意图已充分彰显。《谈新诗》综合考量侪辈的成败得失,融会初期新诗的音节秘奥,标举"诗体大解放"

---

[76] 同[42]。
[77] 胡适.尝试集·再版自序[A].见:胡适.胡适文集(9)[M].北京:北京大学出版社,1998:84.
[78] 胡适.尝试集·再版自序[A].见:胡适.胡适文集(9)[M].北京:北京大学出版社,1998:84-85.
[79] 胡适.谈新诗[A].见:胡适.中国新文学大系·建设理论集(影印本)[M].上海:上海文艺出版社,2003:294-311,本节引用《谈新诗》内容甚多,不再一一注明所据版本。

和"自然的音节",这套关于新诗、关于其语言音乐性的艺术准则甫一面世,便在新诗人中间广泛流布,隐隐然成了"诗的创造和批评的金科玉律"[80]。

《谈新诗》所总结的初期新诗的音节秘奥,说来也很简单,五个字:"自然的音节",不过胡适还是花了相当大的力气来阐明这五个字。他首先谈到,当时攻击新诗的人,多说新诗没有音节,不幸的是有些做新诗的人也以为新诗可以不注意音节。那么诗人应该怎样来注意音节呢?胡适主张诗的音节全靠两个重要分子:一是语气的自然节奏,二是每句内部用字的自然和谐。胡适所谓音节,分"音"与"节"两个方面,语气的自然节奏对应于"节",每句内部用字的自然和谐则与"音"对应,两者结合,便构成了新诗发展的"公共方向"——自然的音节。胡适从"音"与"节"两方面来分析新诗的语言音乐性,就像韦勒克和沃伦的《文学理论》把语音的四种物理性质分为固有因素和关系因素一样,颇有异曲同工之妙。只不过韦勒克和沃伦把音高、音强、音长都归入关系因素,认为它们可以成为节奏和格律的基础,胡适却把平仄(和汉字的相对音高有关)问题也放在"音"的范围里来讨论,主要是由于他没有意识到旧诗之所以要讲究"平平仄仄"的两两相间,正因为这种方式构成了近体诗规律性节奏的基础。

---

[80] 朱自清.导言[A].见:朱自清.中国新文学大系·诗集(影印本)[M].上海:上海文艺出版社,2003:2.

胡适把"节"界定为"诗句里面的顿挫段落",这是不错的。五七言近体诗两个字为一"节",也就是一个声律单位("段落"),两个声律单位之间有短暂的停顿("顿挫");同一个声律单位内部用字平仄一致,相邻的两个单位之间平仄相反,出句与对句、上一联的对句与下一联的出句之间又讲究平仄的"对"和"黏",这些都是为了使诗句的音高变化错综,不至于单调。当然这只是基本原则,实际操作中变体和"拗体"也不在少数。近体诗的声律单位与它的意义单位和语法结构经常是一致的,即便偶有不一致,吟诵时也依照声律单位来确定停顿的位置,而不惜把具有一定完整性的意义单位切分开来。近体诗的节奏模式原是概括汉语语音特征、将数百年间诗人的创作经验高度抽象得出的结果,一旦发展到刻舟求剑、让声律规则凌驾于诗的意义和情绪的地步,就可说是雕琢过甚了。何况汉字声调经历了长期的演变,到后来平和仄的简单划分已不尽与发音的实际状况相符,平仄相递的模式常不能像最初一样体现音高错落有致之美。新诗没有沿袭旧诗的节奏模式,走的是另一条道路,胡适这样解释新诗中"语气的自然节奏":新诗诗句长短无定,句内的节奏"也是依着意义的自然区分与文法的自然区分来分析的"。在此,"自然"超越了先入为主的规则,成为节奏的主宰,即使要对句内的节奏进行分析,也应以自然形成的意义/语法单位而非某种先行规定的声律单位作为节奏的单位(这种对"段落"的分析,有助于确定朗读新诗时句内短暂停顿的位置)。古汉语的词汇绝大多数是单音节词,由两个单音节词联合而成的声律单位往往同时是相对完整的意义单位，而现代汉语双音节词大大增多，还出现了不少三个音节以上的词，两个音节的声律单位有时连一个词也容纳不下，更不用说词的联合了。这一点在"五四"时代的白话文里已十分明显，胡适就指出："白话里的多音字（指包括双音节词在内的多音节词，引者按）比文言里多得多，并且不止两个字的联合（指一个意义单位常由多于两个的词联合而成，如胡适所举的沈尹默诗句中"弹三弦的人"这一词组，引者按），故往往有三个字为一节，或四五个字为一节的。"新诗要顺应语言的变化，就不能袭用旧诗的节奏方案，因此胡适认为新诗采用自然的（往往是非重复性的）节奏形式最为适宜。正如胡适所言，现代汉语词汇的音节数有多有少、不复整齐，语法结构趋于复杂，词组的构成方式也更加多样，由此形成字数不定的意义/语法单位，以这样的意义/语法单位作为节奏单位，构成的诗句当然也是长短无定的。后来追求新诗格律化的诗人们，想达成新诗的"句的均齐"，实行起来却颇不容易，其中一部分原因即在于此。

　　解说完"节"，胡适接着讨论"音"，他提出新诗要实现每句内部用字的自然和谐，须注意两个要件：一是平仄要自然，二是用韵要自然。这两项本是初期新诗的普遍特点，用韵的情况上文已约略提及，关于平仄，则自有新诗以来，在意平仄的作者就已鲜见。但攻击新诗的人多是唱熟了"平声平道莫低昂"的歌诀的，因此胡适觉得有必要在这篇新诗专论中把这个问题厘清。他指出："白话里的平仄,与诗韵(指"平水韵"等近体诗韵,引者按)里的平仄有许多大不相同的地方。同一个字,单独用来是仄声,若同别的字连用,成为别的字的一部分,就成了很轻的平声了。"胡适举周作人诗《两个扫雪的人》中的语句为例,可以看出,他所说的"很轻的平声"就是我们现在讲的轻声,只是当时还没有统一的术语来描述这种相对后起的语音现象。白话(以北方话为基础)里字的声调和中古汉语大不相同的又岂止是轻声一种,入声在北方话里消失,平声也分化为阴平和阳平,读阳平声的字,其相对音高有一个上升的过程,至此,平声也有了音高的升降,已经不完全是"平道莫低昂"的了,平仄相递的传统节奏定式失去了调剂诗句音调的意义。旧式文人虽不顾实际读音的变化,仍勉强按旧韵里的平上去入四声来区分字的平仄,组成"仄仄平平仄,平平仄仄平"的诗句,但这种方式与白话新诗的凿枘不合是一望可知的。胡适干脆利落地说:"白话诗里只有轻重高下,没有严格的平仄……白话诗的声调不在平仄的调剂得宜,全靠这种自然的轻重高下。"白话诗里轻声字使用频繁,在胡适看来,这有助于形成自然的轻重高下,让诗句读起来不拗口。尽管胡适没有把平仄问题和诗的节奏联系起来分析,然而他对轻声字的重视提醒了人们,除了声调的高下之外,汉字读音的轻重差异同样可以为诗语言增添音乐性。新诗不再墨守平仄陈规,本属理之当然,而自然的轻重高下恰可成为新诗音节和谐的基础。

"至于用韵一层,新诗有三种自由:第一,用现代的韵,不拘古韵,更不拘平仄韵。第二,平仄可以互相押韵,这是词曲通用的例,不单是新诗如此。第三,有韵固然好,没有韵也不妨。"胡适如是说。他这些意见和刘半农《我之文学改良观》里的"破坏旧韵重造新韵""于有韵之诗外,别增无韵之诗"[81]等主张颇为相近,初期新诗写作的实况也正是如此。在汉语语音漫长的演变中,声、韵、调三方面皆多变化,故不但没有了严格的平仄,舍弃旧韵重造新韵的必要性亦自不待言。此外,胡适认为新诗的音节既然在于语气的自然节奏和用字的自然和谐,那么有无韵脚都不成问题,这里他举的例子是大名鼎鼎的《小河》(周作人),新诗初期一首无韵而备受赞誉的作品。正如本书导言中的有关讨论所示,押韵只是实现"谐音"效果的诸多方式之一,要达成诗语言在声音层面的和谐,还有其他许多功夫可以做,何况在诗歌越来越多地体现现代感性时,"不谐和音"的重要作用也正日益显现。需要注意的是,在此,胡适虽然肯定了无韵诗的价值,还说到汉字的收声不是韵母就是鼻音,押韵原是极容易的事,所以古人有"押韵便是"的挖苦话等等,却绝无鄙弃有韵诗的意思。他不仅絮絮于新诗应该如何用现代的韵、如何平仄通押,自己写诗也多有韵,还喜欢用带轻声字的"多字韵"。初期新诗破除格律定式时并非不问青红皂白,如前所述,胡适就承认排偶本是人类语言的一种特性,只要运

---

[81] 刘半农.我之文学改良观[A].见:胡适.中国新文学大系·建设理论集(影印本)[M].上海:上海文艺出版社,2003:68-70.

用时存乎自心、不涉造作、近于语言之自然即可。朱自清说得好，韵是一种复沓，可以帮助情感的强调和意义的集中，至于带音乐性，方便记忆，还是次要的作用，从前的人往往过分重视这种次要的作用，有时会让音乐淹没了意义，反觉得浮滑而不真切。[82] 新诗既不反对排偶，又何须拒斥复沓？只要尊重语言的现实，不让音乐淹没了意义，让诗的声音系统保有和发挥其对意义的敏感度和表现力，那么有无韵脚当然都不再是问题。

诚如《谈新诗》的分析所表明，从近体诗声律规范确立时的中古汉语到新诗使用的现代白话文，诗歌语言发生的变化着实不小，诗语言音乐性的机制和面貌必然会有相应的变化。然而语言本身的稳固性也不容忽视，汉语里仍有许多历久不变的因素，汉语特有的双声、叠韵和叠音现象就是其中之一。不过汉语的双声、叠韵和叠音一般是紧相连属的，限于一个词的范围，如果超出这个范围，在诗句中不相连属的字之间出现双声或叠韵，往往会被目为"病"，沈约《宋书·谢灵运传论》中的"一简之内，音韵尽殊"说的就是这个意思。也许是因为新诗句幅较旧诗为长，一句诗里不同的词声母或韵母相同时，读起来不至于绕口，有时反而有谐美之感的缘故吧，胡适谈论新诗的音节时就没怎么理会这套规矩。他在进入对"节"和"音"的正式讨论之前，花费不少笔墨

---

[82] 朱自清. 新诗杂话·诗韵[A]. 见：朱自清. 朱自清全集（第二卷）[M]. 南京：江苏教育出版社，1988：402.

谈了双声叠韵在新诗中的应用,其实双声叠韵和押韵一样关乎语音的固有因素——音色(音质),完全可以和押韵问题一起放在"音"的范畴里来讨论。他直言双声叠韵是从旧诗传承下来的方法:"新体诗中也有用旧体诗词的音节方法来做的,最有功效的例是沈尹默君的《三弦》。"《三弦》中充分运用了双声、叠韵和叠音的音节技巧,胡适指出它一个长句里有十一个双声字,其声母读音又与三弦的声响相近,有模写的效果,而且参用阴声字(收声是韵母)和阳声字(收声是鼻音),更显出三弦的抑扬顿挫。又如胡适自己的《一颗遭劫的星》,胡适认为它"极自由,极自然,可算得我自己的'新诗'进化的最高一步"[83],该诗第一节如下:

  热极了!
  更没有一点风!
  那又轻又细的马缨花须,
  动也不动一动!

胡适在《尝试集》的《再版自序》里引这节诗,说这种诗的音节不是五七言旧诗的音节,也不是词曲的音节,乃是白话诗的音

---

[83] 胡适.尝试集·再版自序[A].见:胡适.胡适文集(9)[M].北京:北京大学出版社,1998:85.

节。㉘从音节角度考察,该诗确实既自由又自然,然而这不是不花心思的自由和自然:全诗共五节,每节四行,诗行依语气的自然节奏,长短无定;每节都是第二行与第四行押韵,每一节换一个韵部,第二节和第五节还使用了"多字韵",隔行押韵、换韵和使用带轻声字的"多字韵"都能减轻韵脚的分量,使全诗既隐隐有复沓,又不让人觉得矫饰。尤其是第一节末行"动也不动一动"里的三个"动"字,完全是日常说话的口吻,却借助相同字音连续不断的推力,强化了诗节所传递的窒闷无风的讯息和弥漫在诗行间的燥热感。《一颗遭劫的星》为宣传新思潮遭忌入狱的友人而作,这种音响效果与诗歌开首压抑愤懑的情绪相配,可谓妙合无间。这样的语言音乐性确实只白话诗才会有,三个"动"字的巧妙运用,与叠音技巧的传统用法比较起来,也可说是别具一格。

双声叠韵等音节方法在旧体诗词严密的声律体系里无足轻重,也许只能算是偶一为之的"小道"而非主流,胡适却说它们是"旧诗音节的精采"。不过他又说,这些方法能够容纳在新诗里,固然也是好事,"但是这是新旧过渡时代的一种有趣味的研究,并不是新诗音节的全部",他仍然强调新诗发展的大趋势——"大道"——是自然的音节。不少人误以为胡适等辈宣扬的自由和自然最是容易不过,以为这是初期新诗缺乏自我要求和理论建树的

㉘ 胡适.尝试集·再版自序[A].见:胡适.胡适文集(9)[M].北京:北京大学出版社,1998:89.

明证。古人有"押韵便是"的挖苦话,今人未必就没有"自然便是"的腹诽。殊不知"自然二字也要点研究",这是胡适的朋友任叔永的话,《谈新诗》在即将结束关于新诗音节的讨论时,把这句话颇为郑重地讲解了一番。走自然音节的大道也需要通过研究来掌握方法,除了双声叠韵等方法是新旧过渡时代一种有趣味的研究以外,胡适认为另一种研究更不可忽视:研究诗内的词句应该如何组织安排,方能产生和谐的自然音节。在他看来,用内部词句的组织——层次、条理、排比、章法、句法——来帮助音节,乃是比化用旧诗的双声叠韵更加重要的方法。他援引《两个扫雪的人》和康白情的《送客黄浦》来佐证内部词句的组织安排有多么重要、可以取得多好的收效,但没有详细展开。

其实胡适所说的这些组织方法均已或多或少地溢出了音节的范畴,但又不能说它们和音乐性没有关系,如果运用得宜,它们确实能帮助达成诗的音乐性,尤其是有助于表现许多诗人喜欢强调的广义音乐性。即以《送客黄浦》一诗而论,其音节曾广受好评,朱自清说"康白情氏解放算彻底的,他能找出我们语言的一些好音节,《送客黄浦》便是"[85],哪怕梁实秋以"擒贼擒王"为目的、试图消除康白情诗集《草儿》在新诗坛的"恶影响"的《〈草儿〉评

---

[85] 朱自清.导言[A].见:朱自清.中国新文学大系·诗集(影印本)[M].上海:上海文艺出版社,2003:3.

论》也不得不赞一句:"《送客黄浦》的音节是很好的。"[86]仔细检视《送客黄浦》的音节,除去押了较疏的韵,以及巧妙地、大幅度地使用叠句(全诗三节,节与节之间开头三行相同,最后两行也相同)以外,并没有其他显明的音节技巧,更没有模仿或自创什么可资套用的声律模式。押韵和叠句都是一种复沓,复沓有利于情感的强调和意义的集中,至于相同/相近语音的反复重现构成的音乐美,其重要性尚在其次。比之押韵,叠句就更是如此了,它不仅是语音的复沓,词句的意义和视觉效果也始终如一。其实《送客黄浦》音节的精髓,在于整首诗声音系统的组织方式与诗的意象结构和意义/情绪系统之间的契合,其中自然少不了胡适所说的层次、条理、排比、章法、句法等方法的功劳。

中国诗从原始时代的浑朴发展到极盛期的沛然大观,在经历了一段刻意求工的时期之后,洗尽旧铅华,进入了白话的新纪元。对草创阶段的新诗来说,最重要的是充分开掘被冷落已久的口语的诗歌可能性。《谈新诗》对初期新诗音节经验的总结,以及"自然二字也要点研究"的理念,即便对今天的新诗而言也仍是有价值的。不料后人批评初期新诗时往往拿胡适作筏,夸大其"作诗如作文"的主张对新诗发展的负面作用,对"自由"和"自然"误读丛生,又把"研究"两个字轻轻忽略过去。

---

[86] 梁实秋.《草儿》评论[A]. 见:康白情. 康白情新诗全编[M]. 广州:花城出版社,1990:256,275.

第二章 "新诗也可以唱的"

新诗诞生以前,中国的各种诗体,其发端与音乐都有密切的关系。《诗经》、楚辞、乐府都是"歌诗",作为文人诗的古近体诗,也是从民间乐歌发展而来,词和曲与音乐的关系就更不用说了。只有新诗"不出于音乐,不起于民间,跟过去各种诗体全异"[87]。新诗起于由"文人"所发动的新文化运动,因此说它不起于民间,尽管它对平民口语和民间文化资源颇为看重。新文化运动以来,艺术的各个门类生机勃发,新音乐和新诗都在各自寻求发展,而没有互相依傍,新诗不出于音乐,也不以歌唱为目的,所以朱自清会在《朗读与诗》里总结道:"新诗不依附音乐而已活了二十六年,正所谓自力更生。……新诗不要唱,不要吟;它的生命在朗读,它得生活在朗读里。"

---

[87] 朱自清.新诗杂话·朗读与诗[A].见:朱自清.朱自清全集(第二卷)[M].南京:江苏教育出版社,1988:391,下同。

朱自清说中国诗以往的各种诗体都依附音乐而起,然后脱离音乐而存——宋词词调亡失,后人只依谱填词,也可算是基本脱离了音乐;曲则直到现在还能唱,朱自清觉得正是因此之故,其文辞本身没有机会发展,所以总嫌不够分量。他认为诗趋向脱离音乐独立、趋向变化而近自然,乃是语言本身和诗本体进展的自然趋势,新诗既然不起于音乐,既然本就追求近于自然的语言,就更没有必要在乐曲音乐性问题上作茧自缚,过分执着。朱光潜的《诗论》虽不同意诗可以和音乐完全脱离关系,但他以为齐梁时的文人诗既不再有"外在的乐调的音乐",就得在诗的语言表现本身中寻求音乐性,诗的声律研究从此盛行,遂逐步形成了近体诗空前完备的声律体系[88],这表明他同样认可诗的语言音乐性能够成为亡失的乐曲音乐性的取代或补偿。然而在中国诗的历史上,每隔一段时间总会有人出来哀叹诗乐传统之衰,到了近现代也还是这样,甚至有把国民精神的颓靡归咎于缺乏刚毅雄壮、能以歌唱感染人心的歌诗的。20世纪初,梁启超在《新小说》开辟"杂歌谣"专栏,作为"诗界革命"的阵地之一,刊发黄遵宪《出军歌四章》、张敬夫《警醒歌四章》等文白夹杂的歌词体作品,认为每月朔望"谒圣"时将这样的作品高声朗诵,和以风琴,便可重振中国歌诗传统,发扬国民志气。[89] 过了十几年,新诗横空出世,胡适在《谈

---

[88] 朱光潜.诗论[M].上海:上海古籍出版社,2005:172.
[89] 此论见于梁启超刊发张敬夫《警醒歌四章》时所作的编者按语,无标题,低一格排于《警醒歌四章》之末,见:新小说,1903,(5):174。

新诗》里缕述中国诗体解放的历史时,却发表了这样的意见:"词曲无论如何解放,终究有一个根本的大拘束;词曲的发生是和音乐合并的……始终不能脱离'调子'而独立。"⑩一个求助于风琴,一个将词曲不能完全脱离音乐独立引为憾事,对诗的乐曲音乐性的态度实在是大相径庭。早期新诗人的观点则多和胡适同调,如郭沫若便明确主张,诗自诗而歌自歌,诗与音乐由浑而分,已不能相混。⑪围绕诗与音乐、诗与歌之间关系的争议是新诗音乐性问题史上的两个主要争议之一,当草创阶段的新诗开始面临不能唱、缺乏乐曲音乐性的指责时,敏感的诗人们纷纷对此给出了自己的回答。

1919年,俞平伯在《新潮》发表《社会上对于新诗的各种心理观》,分析所谓"高等的文人学士"诟病新诗的原因之一,是他们抱着保守的文学观念和趣味不放。他们以为文学最大的趣味有二,一在于字眼古典,二在于音节,喜欢古典的字眼还是"古典主义"应有的现象,也不甚可怪,他们所喜欢的音节却是神秘莫测的,叫人不可思议:

> 常看见有人拿一本文集或诗集,咿哑咿哑,唱了一遍,调

---

⑩ 胡适.谈新诗[A].见:胡适.中国新文学大系·建设理论集(影印本)[M].上海:上海文艺出版社,2003:299.
⑪ 郭沫若.文艺论集·论诗三札[A].见:郭沫若.郭沫若全集文学编(第十五卷)[M].北京:人民文学出版社,1990:336-337.

子很难听,比戏园唱的坏得多,便自以为"神与古游""超乎象外得其环中"了。……新诗的所以不受欢迎,这是很大的原故;因为新诗句法韵脚皆很自由,绝对不适宜"颠头播脑""慷慨悲歌"的。所以社会上很觉得他不是个诗,我曾听见有人看了我的诗说道:"这个大约是可以合风琴的",这种似嘲似骂的口吻,大约连"姑备一格"这句话也不肯赞同。⑨

俞平伯形容旧文人吟唱旧诗时的声音是"咿哑咿哑"的,旧时吟诗吟文自有依据文字声调得出的一个调子,但不同于真正的歌唱,也不合乐,近体诗有平仄定式,吟出来的调子自然千篇一律、呆板单调,本人虽摇头摆脑吟得得意,旁人听起来往往感到隔膜而无趣,还不如戏园子里唱的戏好听。如朱光潜所言,近体诗的声律体系使诗的语音中仍含有若干形式化的音乐的节奏音调,以替代外在的乐曲⑬,旧诗也由此发展出一套吟唱的法则来代替真正的歌唱。新诗句法韵脚都很自由,旧式的"慷慨悲歌"不能适用,又无法重新制定什么统一的曲调,不能唱,就连诗也不是了。巧的是俞平伯也提到了风琴。只不过梁启超是觉得中国诗乐不振,于是主动想到了咸与维新地用用西洋乐器,没准局面就可改观;嘲骂俞平伯诗作的人则是觉得新诗这种东西压根就不入流,

---

⑫ 俞平伯.社会上对于新诗的各种心理观[A].见:胡适.中国新文学大系·建设理论集(影印本)[M].上海:上海文艺出版社,2003:355.
⑬ 同⑧.

高人雅士吟不了也不屑去吟它，它就只配用鬼子的风琴来合一合，天知道它合了风琴能不能唱得起来，反正这种东西连姑备一格都够不上，也就无须再加理会了。

俞平伯于旧学问虽有深厚的家学渊源，却显然没把"古典主义"的诗学规训放在眼里，新诗能不能唱，在这时的他看来没什么了不起。[94] 他剖析完保守派对于新诗的心理之后，斩截地说："社会上不相容纳，不是我们分内所应该管的。……我们顶要紧的事，就是谋新诗本身的进步。"[95] 至于新诗如何谋进步，他也谈了不少看法，但没有一条和乐曲音乐性有关。相比之下，康白情《新诗底我见》对于新诗的歌唱问题作出了更加正面的回应。

据《新诗底我见》篇首的引子交代，康白情本拟把这篇文章写成《新诗底研究》，后来虽然改了题目，草成一篇"例解"或"总目"式的短论，但文章的大体规模还在，比胡适的《谈新诗》更面面俱到。《新诗底我见》写于 1920 年 3 月，比《谈新诗》稍晚，康白情对"自然的音节"是热烈赞同的，他主张："新诗所以别于旧诗而言。旧诗大体遵格律，拘音韵，讲雕琢，尚典雅。新诗反之，自由成章而没有一定的格律，切自然的音节而不必拘音韵，贵质朴而不讲

---

[94] 但俞平伯并没把这个问题完全放下，到了 1920 年代中期，他对于新诗的歌唱又有新的意见，详见朱自清. 唱新诗等等[A]. 见：朱自清. 朱自清全集（第四卷）[M]. 南京：江苏教育出版社，1990：220，对此，本书下编还将论及。

[95] 俞平伯. 社会上对于新诗的各种心理观[A]. 见：胡适. 中国新文学大系·建设理论集（影印本）[M]. 上海：上海文艺出版社，2003：356.

雕琢,以白话入行而不尚典雅。"⑯他一下子就找准了初期新诗区别于旧诗的几个关键词:自由、自然、质朴、白话。胡适表示"自然二字也要点研究",无独有偶,《新诗底我见》也表达了"整理足以助自然的美"的类似意见。康白情的原话是这样的:"诗要写,不要做;因为做足以伤自然的美。不要打扮,而要整理;因为整理足以助自然的美。做的是失之太过,不整理的是失之不及。"⑰他接着举例说明如何整理诗的音节以助自然之美,提出可以利用语音的清浊以及双声叠韵等手段来取得自然的谐和,比如他自己的《疑问》中的"滴滴琴泉,/听听他滴的是什么调子?"两行就运用了双声和叠韵。他强调新诗音节的整理"总须听其自然,让妙手偶然得之罢了"⑱。胡适对新诗中的双声叠韵一向很注意,他同样强调这些音节上的花样只可偶然顺手拈来,不应强求,他在《尝试集》的《再版自序》里也提到了康白情这两行诗:"偶然遇着了,略改一两个字,——如康君这一句,原稿作'试听',后改为'听听',——是可以的。若去勉强做作,便不是做诗了。"⑲胡适了解

---

⑯ 康白情.新诗底我见[A].见:胡适.中国新文学大系·建设理论集(影印本)[M].上海:上海文艺出版社,2003:324.

⑰ 康白情.新诗底我见[A].见:胡适.中国新文学大系·建设理论集(影印本)[M].上海:上海文艺出版社,2003:328,下同。

⑱ 康白情.新诗底我见[A].见:胡适.中国新文学大系·建设理论集(影印本)[M].上海:上海文艺出版社,2003:327.

⑲ 胡适.尝试集·再版自序[A].见:胡适.胡适文集(9)[M].北京:北京大学出版社,1998:87.

《疑问》的修改过程,替康白情把举这个例子时没有说透的话补足了。

还有一件事也值得一提,"诗要写,不要做"的论断是郭沫若在 1920 年 1 月 18 日致宗白华的信中首先作出的:"诗不是'做'出来的,只是'写'出来的。"[100]郭沫若如此描述诗被"写"出来的过程:当诗的直觉和灵感来临的时候,诗人匆忙在横斜的纸上写下诗篇,连把纸摆正的时间都没有——整理一两个字来美化音节什么的当然也顾不上了。郭沫若曾说,他最初把自己的新诗拿出去发表,乃是读了《时事新报·学灯》上登载的康白情《送许德珩赴欧洲》以后,被诗中那真真正正的白话唤起了胆量。[101] 读到康白情的诗对郭沫若而言是一个重要的契机,从此他的创作欲便一发而不可收,大半年之后,康白情又反过来呼应了郭沫若的诗歌主张。郭沫若这封信初刊于 1920 年 2 月的《时事新报·学灯》,比康白情写《新诗底我见》的时间略早一些,我们即使无法断言康白情写作之前曾经读过郭沫若这封信,他对"写"和"做"的理解也跟郭沫若稍有不同,但两人同样信奉"诗章本天成,妙手偶得之",则属确然无疑。而我在上文介绍过的王平陵《读了〈论散文诗〉以

---

[100] 郭沫若. 三叶集·郭沫若致宗白华[A]. 见:郭沫若. 郭沫若全集文学编(第十五卷)[M]. 北京:人民文学出版社,1990:14.

[101] 详见郭沫若. 我的作诗的经过[A]. 见:郭沫若. 郭沫若全集文学编(第十六卷)[M]. 北京:人民文学出版社,1989:214,郭沫若说他大致记得诗题是《送许德珩赴欧洲》,然而据上下文判断,他说的其实是康白情的另一首诗《送慕韩往巴黎》。

后》,写于1922年1月,文中关于"诗要写,不要做"的内容,几乎一字不差地重复了上引康白情的话。这样"所见略同"的事例在草创时期的新诗人中屡见不鲜,可见为自由精神所鼓舞的诗人们,相互之间虽然未必都有直接的过从,却每每同气相求,同声相应。

《新诗底我见》不但畅论新诗的语言音乐性,其关于乐曲音乐性的看法也是相当有代表性的。原文只两小段,引录如下:

> 新诗也可以唱的。因为只要有一串声音,就可以唱的。这个话不用我注释,朱熹答陈体仁底信里说:"来教谓'诗本为乐而作,故今学者必以声求之,则知其不苟作矣。'此论善矣。然愚意有不能无疑者,盖以《虞书》考之,则诗之作,本为言志而已:方其诗也,未有歌也;及其歌也,未有乐也;以声依永,以律和声。则乐乃为诗而作,非诗为乐而作也。"那么新诗可以唱,就勿庸疑了。
>
> 我很愿能为新诗制成些乐谱。但一种乐谱只许套一首新诗;而一首新诗却可以有几个乐谱。[102]

康白情谈过音节、刻绘、情绪、想象等"新诗底大旨"后,说自

---

[102] 康白情.新诗底我见[A].见:胡适.中国新文学大系·建设理论集(影印本)[M].上海:上海文艺出版社,2003:333.

己对新诗还有几条意见,不妨拉杂写出,上面这番话是八条意见中的第五条,他没有交代自己说这番话的缘故,但可以想见,必定与新诗被套上了不能唱的罪名有关。康白情指出,新诗明明是可以唱的,尽管它不以歌唱为目的。只要有一串声音,就可以唱,这本是再明显不过的常识,不幸人们都忘记了。中国新诗跟一切诗(乃至一切语言作品)一样都有一串声音,不过如果为新诗制成了乐谱,就要依谱上的一串乐音来唱,对原有语音的音高、音长与音强多多少少有所改变,所谓"歌永言"("永"字有延长语音之意),所有的歌曲本来就都是这样唱的。旧诗的吟唱基本上以语言的声调来确定调子,那不是真正的歌唱,而且哪怕不同的个体在不同时间吟起来偶然有些微的差异,总的调子却是一成不变的,在近体诗里面无非是首句入韵或不入韵、平起或仄起的差别,无论有多少首诗、无论具体诗句是什么,"月落乌啼"也好,"少小离家"也好,平仄模式一致,就都是一样的吟法。新诗无疑可以唱,合不合风琴倒不一定,只不过唱的时候大可不必(事实上也无法做到)像吟唱旧诗时那样,"颠头播脑""慷慨悲歌"地反复套用同一个调门。

康白情援引旧文人崇奉的朱熹的话,朱熹引经据典,用以反驳陈体仁"诗本为乐而作,故今学者必以声求之"观点的依据,又是《尚书·虞书·尧典》里有关诗乐起源的名句:"诗言志,歌永言,声依永,律和声。"无论上古诗、歌、乐的发生情况是否和《虞书》里所描述的一般无二,康白情引用朱熹这番议论的目的,只在明辨新诗与歌的区别。人们实在颠倒了事情的主次与先后：方其诗也，未有歌也，新诗原不起于音乐，什么时候给新诗谱了曲，演唱起来，也许可以称之为新歌，可那始终是第二步的事，跟新诗之为诗毫无关系。乐谱乃为新诗而作，非新诗为乐谱而作也，今学者必以声求之于新诗，不亦谬乎？当然，纯音乐（以及不以新诗为歌词的歌曲）的发展也和新诗无关，彼此既然独立，自不存在何者为何者而作的问题。

针对时人的误解和成见，康白情指出了一个简单的事实：新诗不以歌唱为目的，但它并非不能唱，我们可以把它唱得很动听，只要不像吟旧诗那样，拿一个调子去套若干首以至无穷首诗即可。他主张一种乐谱只许套一首新诗，而一首新诗则可以有几个乐谱，诗本位的立场十分明朗。在关于新诗乐曲音乐性的争议中，"新诗也可以唱的"是一个嘹亮的先声，不多几年以后，傅东华撰文推想中国韵文的未来，提倡让新诗和新歌曲分别发展，赵元任又如康白情所愿为许多新诗各自谱了曲，不过那都是后话了。

第三章 广义音乐性：诉诸心而不诉诸耳？

梁实秋在写于1930年的《新诗的格调及其他》里说，偌大的一个新诗运动，在它初起时，大家注重的只是白话，关于诗是什么的问题竟没有多少人来讨论。[103] 此论其实不确，新诗早期有代表性的诗论文章，几乎每一篇都忘不了首先对诗是什么，以及新诗是什么作一个界定。这些定义大都采取内容（也有人用本质、实体等词）和形式的两分法，在诗的内容/本质方面，经常被提及的有情绪、思想、想象等概念，其中情绪乃是出现频率最高的，情绪在作品中所居的地位每每被指为使诗区别于其他文类的一个主要因素。至于诗的形式，基本上每篇文章都会提及其音乐性，意象/隐喻等其他问题则时常受到忽略。早期新诗人多崇尚近于自然的语言音乐性，有的还表示音节形式对于诗之为诗是无足轻重

---

[103] 梁实秋. 新诗的格调及其他［A］. 见：杨匡汉，刘福春. 中国现代诗论（上编）［M］. 广州：花城出版社，1985：142.

的(西谛在《论散文诗》里就表达过这样的意见)。值得注意的是,一种将诗的情绪与其音乐性结合起来作为诗的文类特质的观点也于此时出现。在考量新诗与其他文类的界限时,与语言音乐性相比,早期新诗人更加偏重的往往是这种广义的音乐性。

第一节　广义音乐性观念的雏形

早在郭沫若提出他的内在韵律理论之前,一些新诗人就已隐约产生了关于诗的广义音乐性的观念,并把它作为一种潜在的追求付诸写作实践。如前所述,康白情《新诗底我见》对新诗的语言音乐性和乐曲音乐性均有所讨论。而文中还有不少论述貌似在谈语言音乐性,实则已涉及广义音乐性的领域。他主张诗是主情的文学,没有情绪不能作诗,有情绪而不丰也不能作好。[104] 情发于声,因情绪而起感兴,其声自成文采:"这种的文采就是自然的音节。我们底感兴到了极深底时候,所发自然的音节也极谐和,其轻重缓急抑扬顿挫无不中乎自然的律吕。……这都是情动于中而形于言,莫知其然而然的。无韵的韵比有韵的韵还要动人。"[105]

---

[104] 康白情.新诗底我见[A].见:胡适.中国新文学大系·建设理论集(影印本)[M].上海:上海文艺出版社,2003:329.
[105] 康白情.新诗底我见[A].见:胡适.中国新文学大系·建设理论集(影印本)[M].上海:上海文艺出版社,2003:327.

康白情因时制宜,对《诗大序》中的"情动于中而形于言""情发于声,声成文谓之音"等著名论断进行了创造性的改写,又称自然音节莫知其然而然的谐和为无韵的韵,说它比有韵的韵还要动人,诗人周无作于1919年的《诗的将来》也同样持有这种近乎神秘主义的论调:"无节韵的节韵,人领略到后,所生的美情格外的深远。"[106]他指出自然界的各种声音也好,音乐作品如我国古代琴操也好,弃去旧诗之音律的新诗也好,都可以具备无节韵的节韵。"因为音的原则,是要继续的。——久暂虽没有一定,但不是突发的声。——这继续不断的中间,自然有一种组织和法则。组织和法则,便有节有韵。"他认为旧诗的音律是浅露的、不自然的,而诗应是主情的、想象的、偏于主观的,旧诗音律不能帮助诗的实体的表现,新诗当然要和这种音律分道扬镳,采用幽渺自然的节韵。那么新诗幽渺自然的节韵从何而来呢? 周无如是说:

  一是他组织中应有的一个自然结果。

  二是作者审音力和触认力的一种自然表现。

  有了这一句,何以有那一句? 那一句中间的字何以要那样的安排? 这都是作者当时经过一番商量的结果。他是用安不安美不美为标准来判断的。这些判断的结果,便发生节

---

[106] 周无.诗的将来[A].见:胡适.中国新文学大系·建设理论集(影印本)[M].上海:上海文艺出版社,2003:345,下同。

韵出来。有人问何以这种节韵不齐整,不铿锵?原来他并不预备"付之歌儿",也不须要"红牙按拍"的。有人问这种节韵何以教人看不大出呢?这却是尝过了浓郁的厚味,味觉衰退的原故。

唯其这种节韵是自然的,所以不齐整、不铿锵,也不打算入乐歌唱;唯其是幽渺的,所以让习惯了繁音促节的读者觉不出来。这里周无没有对"他组织中应有的一个自然结果"作出充分的解释,对"作者审音力和触认力的自然表现"却言之甚详,作者以安不安美不美为标准来"安排"和"商量",节韵的发生离不开诗人对音响效果的判断,当然这种判断依赖的是诗人自身的审音力和触认力,不是任何既定的音律规范。《新诗底我见》强调诗人写作时要反复读自己的作品,"读着有不顺口底地方,就是音节不好,可以把他改了"[107],"新诗音节底整理,总以读来爽口,听来爽耳为标准"[108],这和周无注重诗人的审音力和触认力,以及雅克·马利坦推崇"听觉的正确性"一样,表达的其实都是同一个意思。然而康白情并不就此止步,他说感官的愉悦尚是次要的,重要的是"心官"的发展,优秀的新诗,其音节的和谐不但能悦耳,亦足以悦心:

---

[107] 康白情.新诗底我见[A].见:胡适.中国新文学大系·建设理论集(影印本)[M].上海:上海文艺出版社,2003:336.
[108] 康白情.新诗底我见[A].见:胡适.中国新文学大系·建设理论集(影印本)[M].上海:上海文艺出版社,2003:328.

"若到真妙处,更可以比官能更进一层。太戈尔底《园丁集》里说,'那样软笑低吟,不是我底耳,只有我底心能听。'要到只有心能听,那更不用说有了自然的音节,就四围都无处不是韵了。"[109]他主张新诗的本色是以热烈的感情浸润宇宙间的事物而令其理想化,再把这些心象具体化而谱之于只有心能领受的音乐,"只有心能领受的音乐"跟马利坦所谓由灵魂中的诗性直觉所激起的"听不到的、无形无声的音乐"颇为接近,只不过前者是"具体化"的、呈现在诗的语言中的,说"只有心能领受"是为了突出它和情感活动的密切关系,同时也是极言其高妙。周无把无节韵的节韵归因于声音的继续不断的原则,以及这种继续不断中的组织和法则,他虽也认为诗应是主情的,但尚未把诗的节韵的产生和诗中的情绪清晰地联系起来。可以说周无的"幽渺自然的节韵"还只是广义音乐性观念的一个幼芽,而康白情所具备的已是广义音乐性观念的雏形了。

周无未曾详述何以新诗的节韵是"他组织中应有的一个自然结果",康白情虽也表示,情动于中而形于言,乃是"莫知其然而然的",可仍旧对"只有心能领受的音乐"产生的过程作了相对明确的表述:"感情底内动,必是曲折起伏,继续不断的。他有自然的法则,所以发而为声成自然的节奏;他底进行有自然的步骤,所以

---

[109] 康白情.新诗底我见[A].见:胡适.中国新文学大系·建设理论集(影印本)[M].上海:上海文艺出版社,2003:325-328,下同。

其声底经过也有自然的谐和。"康白情也提到了"继续不断",不仅声音是继续不断的,感情的进行也有这样的特性。康白情所谓的感情的"内动",和马利坦的诗性直觉的"推进"一样,是一种有方向感的运动,它曲折起伏、继续不断,有自然的步骤和法则,于是发而为声成自然的节奏与谐和,就好像马利坦的词语的音乐成为直觉推进的音乐的完美回音。关于诗的感情运动,郭沫若在他的一系列文章和通信中还有更加详尽的阐述。

第二节　郭沫若的内在韵律理论和节奏观

康白情等早期新诗人固然已有了关于诗的广义音乐性的模糊观念,但明确提出诗另有一种内在韵律(intrinsic rhythm),这种韵律是情绪的自然消涨,而非语言文字的音乐性的,郭沫若是第一人。郭沫若不但将内在韵律与外在韵律对举(亦即将广义音乐性与语言音乐性对举),而且认为诗之精神全在其内在韵律,如此弃语言音乐性如敝屣的态度就更没有先例了。上文曾经提到,康白情的新诗激发过郭沫若的创作热情,焉知郭沫若内在韵律理论的形成就丝毫没有受到《新诗底我见》的启示?郭沫若在1921年致李石岑的信里首次提出内在韵律理论,我在导言里节录了信中有关内在韵律的文字,其中郭沫若引用的泰戈尔诗句与《新诗底我见》所引基本相同⑩,两人引泰戈尔诗的目的都是为了将心与耳对比,贬抑单纯满足听觉的音乐性而抬高只有心能领受的音乐性。当然,也有可能这仅仅是他们的不谋而合。

康白情认为新诗的音节若到真妙处,可以比官能更进一层,郭沫若则对语言文字的音乐性视若等闲,一开始就直取他所谓"诗底本体"——直觉/灵感、情调和想象。前引郭沫若1920年1月18日致宗白华的信,描述了诗人写诗(而非"做诗")时的感情运动:

> 我想诗人底心境譬如一湾清澄的海水,没有风的时候,便静止着如象一张明镜,宇宙万汇底印象都涵映着在里面;一有风的时候,便要翻波涌浪起来,宇宙万汇底印象都活动着在里面。这风便是所谓直觉,灵感(Inspiration),这起了的波浪便是高涨着的情调。这活动着的印象便是徂徕着的想象。这些东西,我想来便是诗底本体,只要把他写了出来的时候,他就体相兼备。⑪

此时的郭沫若把诗的感情运动比作海水的翻波涌浪,称之为情调,到了1921年,他又将情绪的这种自然消涨正式命名为内在韵律。在郭沫若看来,情调和直觉/灵感、想象一样都属于

---

⑩ 两人引用的诗行都出自泰戈尔《园丁集》中的第二十四首,郭沫若中英对照地引用了该诗的前三行,康白情只引了该诗第三行的中译文,中译文本身也略有差异。

⑪ 同⑩.

诗本体的范畴,诗的语言形式只能算是"相"。他在1920年2月16日致宗白华的另一封信中说:"我要打个不伦不类的譬比是:直觉是诗胞的Kern,情绪是protoplasma,想像是Centrosoma,至于诗的形式只是Zellenmembran,这是从细胞质中分泌出来的东西。"⑫语言形式如同细胞膜,是从细胞质(情绪)中分泌出来的,郭沫若称自己这个观点为"诗的一元论"。后来郭沫若把写给宗白华的这两封信,以及致李石岑谈内在韵律的信合编为《论诗三札》收入《沫若文集》,三封信里面一以贯之的正是这种一元论。

和郭沫若通信期间,宗白华写了一篇《新诗略谈》,请郭沫若提些意见。宗白华把诗分为"形"和"质"两个方面,建议新诗人学习一点音乐与图画,以此训练诗艺,不仅有助于美化诗"形",还可"使诗的'质'(情绪思想)能成音乐式的情调"。⑬好在宗白华所推崇的诗"形"只是"自然优美的音节,协和适当的词句",没有落实到为郭沫若不屑的"平上去入,高下抑扬,强弱长短,宫商徵羽"的层面;他所主张的诗艺训练方式是不着形迹的,主要诉诸潜移默化,也甚得郭沫若之心。因此宗白华的形-

---

⑫ 郭沫若.三叶集・郭沫若致宗白华[A].见:郭沫若.郭沫若全集文学编(第十五卷)[M].北京:人民文学出版社,1990:49,下同。Kern、protoplasma、Centrosoma、Zellenmembran为德语或拉丁语词,该信收入《沫若文集》时作者自译为"细胞的核""原形质""染色体"和"细胞膜"。

⑬ 宗白华.新诗略谈[A].见:杨匡汉,刘福春.中国现代诗论(上编)[M].广州:花城出版社,1985:29-30,下同。

质二元论能被持"诗的一元论"的郭沫若接受,只嫌其有点"宽泛",因为"诗的本职专在抒情",依郭沫若之见,为诗下定义时,只需锁定并突出"情绪"二字就行了。[14] 宗白华希望诗的"质"能具备"音乐式的情调",这个说法颇堪玩味。宗白华跟郭沫若一样使用了情调一词,是"音乐式的情调"而非"音乐的情调",说明音乐在此只是作为一种类比而出现,就好像郭沫若曾经表示,把诗的内在韵律叫作"音乐的精神"也无不可,但不能说它就是音乐。

郭沫若在给李石岑的信里说:"内在的韵律便是'情绪的自然消涨'。这是我自己在心理学上求得的一种解释,前人已曾道过与否不得而知,将来有暇时拟详细的论述。"[15]他是如何在心理学上求得了这种解释,信中没有作详细的论述,但我们可以从他四年后的《论节奏》一文里看出不少端倪。《论节奏》写于1925年,时间上已经超出了新诗音乐性问题史"草创期"的范围,似不应在此讨论。然而正如我在导言中说过的,我为问题史草创期与建设期所划的时间边界并不是什么判然两分的绝对界限,何况《论节奏》表述的乃是早已形成的认识,只不过作者当时仅约略一提,直到四年后"有暇时"才从头道来而已。

---

[14] 郭沫若. 三叶集·郭沫若致宗白华[A]. 见:郭沫若. 郭沫若全集文学编(第十五卷)[M]. 北京:人民文学出版社,1990:47.

[15] 郭沫若. 文艺论集·论诗三札[A]. 见:郭沫若. 郭沫若全集文学编(第十五卷)[M]. 北京:人民文学出版社,1990:337.

郭沫若既主张诗的本职专在抒情,《论节奏》就把抒情诗作为诗的全部来谈,劈头先来一句:"抒情诗是情绪的直写。"[110]如何"直写"情绪?"情绪的进行自有它的一种波状的形式,或者先抑而后扬,或者先扬而后抑,或者抑扬相间,这发现出来便成了诗的节奏。"把情绪进行的节奏"发现出来",便有了诗的节奏,而且这节奏在诗的研究上是"顶大的一个问题"。宇宙万物无不有节奏,文章接着依次讨论节奏的性质、效果、发生,以及哪种节奏是诗的节奏,哪种节奏不是。郭沫若说节奏可分为"运动的节奏"和"音响的节奏",这两种节奏并不相互独立,因为运动可以成为声音的来源,声波的传递也依赖空气的振动。他又指出,无论是运动还是声音,都离不了力的关系和时间的关系,于是节奏又可分为"力的节奏"与"时的节奏",两者也是互为表里的。节奏的效果有两种:使人沉静和使人兴奋,相应地,抒情诗的节奏也自然分出沉静调和鼓舞调两个派别。

至于节奏究竟是怎么发生的,郭沫若介绍了四种假说:宇宙论的假说、僧侣的假说、生理学的假说、心理学的假说。[117]其中他自己最推重的是第四种假说,亦即被称为现代心理学之父的19世纪德国心理学家温德(Wilhelm Wundt,通译威廉·冯特)的主

---

[110] 郭沫若.文艺论集·论节奏[A].见:郭沫若.郭沫若全集文学编(第十五卷)[M].北京:人民文学出版社,1990:353-361,下同。

[117] 文章最初发表时,郭沫若称第四种假说为"观念论的或者二元论的假说",后来结集出版时改称"心理学的假说"。

张:"这是把节奏的起源移植到我们的感情上来,便是由我们的感情之紧张与弛缓交互融合处所生出的一种特殊的感觉。"在温德学说的基础上,郭沫若更进一层,提出:"一切感情,加上时间的要素,便要成为情绪的。所以情绪自身,便成为节奏的表现。"感情在持续的时间中呈现出紧张和弛缓的交替与融合,这就是郭沫若所谓的情绪。"绪"字本有连绵不断的情思之义,如情绪、意绪、思绪中的"绪",都是这个意思。郭沫若的"情绪"更有特别的命意,它不光是感情,还是加上了时间的要素的感情。郭沫若强调情绪的时间性,与周无强调声音的继续不断,以及康白情强调感情的"内动"之继续不断,作用都差不多——突出了声音和情绪中的节奏感。写《论节奏》之前几天,郭沫若先写了一篇《文学的本质》,同样谈到一般意义上的感情与诗的情绪的不同:"纯粹的感情是不能成为诗的。感情加了时序的延长便成为情绪,情绪的世界便是一个波动的世界、节奏的世界。"郭沫若同样援引了温德的心理学,温德用七种波状线模拟人心中感情的波动,郭沫若认为这些图表活画出了情绪的节奏。[118]难怪他会在《论节奏》的开头说"情绪的进行自有它的一种波状的形式",他把情绪进行的形式概述为"或者先抑而后扬,或者先扬而后抑,或者抑扬相间",显然是受了温德的波状线的启发。其实温德的七种波状线未必便能穷尽

---

[118] 郭沫若.文艺论集·文学的本质[A].见:郭沫若.郭沫若全集文学编(第十五卷)[M].北京:人民文学出版社,1990:348-349,下同。

感情运动的所有形式,郭沫若又把它们简化成先抑后扬、先扬后抑、抑扬相间三类,首先省略掉的恰恰是他自己最看重的时间因素——在温德的波形图里,同是先抑后扬,根据感情的低落和高昂所占时长的不同,就能得出两种不同的波形。郭沫若以高度类型化的方式概括情绪的节奏,其表述固然显得颇为明朗,却容易使读者忽略:情绪的节奏和语音系统中的节奏一样,往往是不规则的和非重复性的。

郭沫若在《文学的本质》里提出,情绪的波状节奏对人有一种近乎催眠的作用。在《论节奏》中,他用的则是"氤氲"一词:"我们在情绪的氤氲中的时候,声音是要战栗的,身体是要摇动的,观念是要推移的。由声音的战颤,演化而为音乐。由身体的动摇,演化而为舞蹈。由观念的推移,表现而为诗歌。所以这三者,都以节奏为其生命。"[119]在他看来,诗、乐、舞均起源于情绪的催眠或氤氲,诞生既久,三者分别发展,已然彼此独立,依旧会被共同归入运动的艺术或时间的艺术,正是因为三者都以节奏为生命。至此,我们看到郭沫若如何从温德的心理学出发,求得了关于诗的内在韵律的理论:情绪的自然消涨所具有的波状节奏催生了诗歌,这种节奏既然是诗歌本身固有的,不妨称之为内在韵律(郭沫若把内在韵律译为 intrinsic rhythm,其中 intrinsic 既可解

---

[119] 郭沫若.文艺论集·论节奏[A].见:郭沫若.郭沫若全集文学编(第十五卷)[M].北京:人民文学出版社,1990:360.

作内在的,也可解作固有的、本身的、本质的,rhythm 也兼有节奏与韵律两个义项),内在韵律是诗的生命。我在导言中指出,郭沫若的内在韵律是一种基于类比的广义的音乐性,至于他为什么独独把诗的内在韵律和"音乐的精神"相类比,答案就在上引的这段文字中。郭沫若说我们可以把诗的内在韵律称作"音乐的精神",但不能说它就是音乐。这是因为即便诗歌与音乐都起源于情绪的氤氲,都以节奏为生命,其表现形式仍然互不相同,音乐由声音的战栗演化而来,观念的推移则表现而为诗歌。情绪的进行和观念的推移需要被"直写"、被"表现",要用语言把情绪的节奏"发现出来",才有诗的节奏。郭沫若秉持"诗的一元论",对于诗的语言表现过程常常是大而化之一笔带过。在此,也许是为了避免提及语言,一向唯情绪独尊的郭沫若居然破天荒地引入了"观念",把观念的推移作为诗的情绪节奏中独有的因素,来与音乐的声音节奏和舞蹈的运动节奏相区别。他似乎忘记了,观念的载体正是语言,而语言又和音乐分享了声音的特性。

郭沫若曾在致宗白华的信里称诗的感情运动为情调,这个词在《论节奏》中再次出现,与之配对的是声调:"诗自己的节奏可以说是情调,外形的韵语可以说是声调。"[120]郭沫若强调情调是"诗自己的节奏",《论节奏》通篇所要阐明的乃是这种诗自身固有的

---

[120] 同[119].

情绪节奏,而非"外形的韵语"——"旧体的诗歌,是在诗之外更加了一层音乐的效果。诗的外形采用韵语,便是把诗歌和音乐结合了"㉑。郭沫若的声调主要是指诗语音系统中的规律性节奏,"在诗之外更加了一层音乐的效果""把诗歌和音乐结合"亦即朱光潜所谓的在诗语言的节奏音调里含有若干形式化的音乐的节奏音调。如果说情调的意义大致相当于内在韵律,声调一词的所指范围却比外在韵律要稍微窄一些,如我在导言中分析过的,郭沫若谈外在韵律时并不仅限于"韵语",而是把一切语音形式尽皆包括在内。

《论节奏》在谈论"诗自己的节奏"之余提到声调,不是为了对"诗的一元论"作出修正。尽管文章结尾说诗与歌的区别在于情调和声调的畸轻畸重,"情调偏重的,便成为诗,声调偏重的,便成为歌"㉒,似乎声调对于诗虽非特别重要,却也是一个必要的成分,但作者同时又表示:"我相信有裸体的诗,便是不借重于音乐的韵语,而直抒情绪中的观念之推移,这便是所谓散文诗,所谓自由诗。"㉓如此说来,声调仍旧是可有可无的。诗的"裸体"是郭沫若经常打的一个比方,致李石岑信中说得更加极端:"诗无论新

㉑ 同⑲.
㉒ 郭沫若.文艺论集·论节奏[A].见:郭沫若.郭沫若全集文学编(第十五卷)[M].北京:人民文学出版社,1990:361.
㉓ 同⑲.

旧,只要是真正的美人穿件甚么衣裳都好,不穿衣裳的裸体更好!"[124]关于诗与非诗的界限,实际上直到1940年代,郭沫若所持的都是颇为坚定的一元论:内在韵律是诗唯一的本质属性。对此,同样注重诗的抒情性的康白情,却有着与郭沫若略显不同的见解:"诗和散文,本没有甚么形式的分别。不过主情为诗底特质。音节也是表现于诗里的多。"[125]除了主情这个特质以外,康白情认为音节(此指语言音乐性)也是表现于诗里的多,当然这是量的而非质的差异,在音节形式上,诗和散文之间并没有什么绝对的界限。新诗追求自然的音节,就更是如此了,不过康白情相信"整理足以助自然的美",说明在他看来穿上合适的衣裳终究要比裸体更美一些。在康白情的诗之标准中,语言音乐性也有它的一席之地,虽然位置颇为边缘,远不如主情的特质那么重要。郭沫若把其他新诗人只隐约觉察到的诗的情绪节奏单独抽取出来,称之为内在韵律,奉之为诗的生命,固然是前所未有的创见,也在新诗音乐性问题史上引发了不绝的回响和变奏。但他(至少在理论上)彻底忽视语言音乐性,未免失之偏颇。何况即使撇开声音层面不谈,体现在诗的意义层面的信息,以及蕴于其中的节奏感,也绝不是情绪二字所能完全涵盖的。

---

[124] 郭沫若.文艺论集·论诗三札[A].见:郭沫若.郭沫若全集文学编(第十五卷)[M].北京:人民文学出版社,1990:339.
[125] 同[96].

第三节　理论主张与写作实践间的落差

郭沫若说写诗贵在情绪的自然流露,形式方面,他提倡"绝端的自由,绝端的自主"[126],然而他的实际写作与自己提出的理念之间却颇有差距,这种自相背反不独发生在郭沫若一个人身上,毋宁说是新诗音乐性问题史中常有的现象。郭沫若的作品基本都是自由体,但大多押韵,有时韵脚还很密。有一首《新月与晴海》,写于1919年初,他在致宗白华的信和《文学的本质》中两次提到写这首诗的根由,试图证明"诗的原始细胞只是些单纯的直觉、浑然的情绪"。原来他刚会说话的儿子每逢看见天上的新月,就要指着月亮说:"Oh moon! Oh moon! Crescent moon!"[127]看到窗外的晴海,又会指着海呼叫:"啊,海!啊,海!爹爹,海!"在郭沫若眼里,孩子出于情绪的驱动脱口而出的言语,在简单的反复中自有一种节奏,堪比"抒情诗中的妙品",还引出了他自己的《新月与晴海》:

---

[126] 郭沫若.三叶集·郭沫若致宗白华[A].见:郭沫若.郭沫若全集文学编(第十五卷)[M].北京:人民文学出版社,1990:47-49,下同。

[127] 英语:"哦,月亮!哦,月亮!月牙儿!"郭沫若说曾教过儿子英语,所以孩子会这样脱口而出。

儿见新月，

遥指天空。

知我儿魂已飞去，

游戏广寒宫。

儿见晴海，

儿学海号。

知我儿心正飘荡，

血随海浪潮。

郭沫若自言："我看我这两节诗，硬还不及我儿子的诗真切些咧！"对此我深表赞同。宗白华曾在和郭沫若的通信中指出，郭沫若诗的形式特点与康白情正相反，康白情有些诗"形式构造方面嫌过复杂，使人读了有点麻烦"，郭沫若的诗"又嫌简单固定了点，还欠点流动曲折"，他的"凤歌（指《凤凰涅槃》，引者按）一类的大诗"固然"雄放直率"，他的小诗也须在构造方面再研究一下，"还要曲折优美一点，同做词中小令一样。要意简而曲，词少而工"。[128]

---

[128] 宗白华. 三叶集·宗白华致郭沫若[A]. 见：郭沫若. 郭沫若全集文学编（第十五卷）[M]. 北京：人民文学出版社，1990：31-32，宗白华说康白情有些诗形式构造过于复杂，其实康白情的诗经常被人诟病，在于他的作品水准参差不齐，时有散漫粗疏之作，偶尔还爱在诗里发一些空泛的议论，朱自清在《中国新文学大系·诗集》的《导言》里就说《草儿》中"名为诗而实是散文的却多"，不过与郭沫若的诗相比，康白情的一些作品形式构造远为繁复精致，确也是事实。

郭沫若说这首《新月与晴海》和儿子的"诗"一样,在根本上也是一种简单的反复体,两个诗节的节奏完全相同,其中只有一些观念的变化。[129] 如果说孩子的"诗"乃是出于情绪的驱动,可以说《新月与晴海》表现的正是情绪氛氤中的观念推移,只不过这里的观念不是情绪进行过程中原本就包含着的,而是诗作者额外施加在儿子身上的。在此,郭沫若所说的节奏既指情绪进行/观念推移的节奏,又指句式、韵式等形式节奏,写这首诗时,郭沫若并未严格遵循"自然流露""绝端的自由,绝端的自主"的原则,反而有刻意求工的迹象。然而恰如宗白华所言,该诗简单是简单了,却不像孩子的"诗"那样活泼流动,简单而固定,不但不"曲",更谈不上"工"。《新月与晴海》写的是牙牙学语的婴儿,在天真明快的语境里忽而引入"广寒宫"这样的古典意象,显得突兀而生硬;臆想孩子"学海号""魂已飞去""血随海浪潮",也与婴儿的单纯朴拙格格不入;"血随海浪潮"里的"潮"字若说是名词,则纯属多余——"海浪潮"这个词组颇为古怪,远不如"海浪"或"浪潮"自然,若说是活用作动词,就更觉别扭,不妨换成"涌"字。"广寒宫""学海号"和"潮"字出现在这里,实现了在固定位置押韵的要求,却不幸被朱自清言中(当然朱自清的话并非专门针对某一首诗而言):在押韵中强求音乐性,让音乐淹没了意义,结果两头落

---

[129] 郭沫若.文艺论集·文学的本质[A].见:郭沫若.郭沫若全集文学编(第十五卷)[M].北京:人民文学出版社,1990:347.

空,反倒令人觉得浮滑而不真切。《新月与晴海》文字虚浮,节奏板滞,真还不及孩子信口说出的"自由诗"来得真切生动。

郭沫若曾经宣告,内在韵律异常微妙,不曾达到诗的堂奥的人简直不会懂。⑬ 言有尽而意无穷,我们对于诗的情绪节奏固然无法进行精确的量化分析(像温德那样用波状线描摹感情的波动,或像滕固那样画线段作图,只能模拟一个大概),可它未见得就渺不可寻,只是和周无的"无节韵的节韵"有点像——它不那么浅露,"教人看不大出"。情绪/意义的节奏在具体的诗作中是可以把握的,对于语言音乐性和广义音乐性相互合拍的作品尤其如此。只不过关于同一首诗的情绪节奏,作者以及不同读者的观感可能会见仁见智,不可强求一律,更难以也没有必要从中提炼出固定模式以资套用。郭沫若在1944年发表的《诗歌底创作》里也说过,情绪的潮流有抑扬起伏、轻重疾徐、回旋反复⑬,足见其变化多端,绝非"或者先抑而后扬,或者先扬而后抑,或者抑扬相间"就能概括得了的。

我们在第一章里谈到过胡适的《一颗遭劫的星》,该诗第一节即巧妙利用语音手段营造了一种紧张感,带动情绪的潮流层层推进:始而压抑愤懑,继而峰回路转,终而豁然开朗,全诗的声音形式也始终与情绪节奏紧密配合。又如康白情的《送客黄浦》,写的

---

⑬ 同⑮.
⑬ 郭沫若.诗歌底创作(续完)[J].文学,1944,2(4):1.

是初识田汉等友人的当夜,在黄浦江边为他们送行的情景。诗共三节,每节的前三行和末两行都一样,分别是"送客黄浦,/我们都攀着缆——风吹着我们底衣裳——/站在没遮栏的船楼边上。"和"这中间充满了别意,/但我们只是初次相见。"夹在中间的诗行(八至十二行不等)各不相同,如此复沓与变化交错,寓变化于重复之中,离情别绪糅杂着新相知的喜悦,随之逐步展开、渐次深入,依托叠句的回环咏叹获得延宕。整首诗没有固定的韵式,只疏疏落落、似有还无地押着 ang 韵,悠扬的音效最宜于登舟送远,每节末两行不入韵,又有不胜低回之感。此外,《送客黄浦》里的排比、(松散的)对偶,以及意象的复现与呼应,无不有助于诗的广义音乐性的实现。梁实秋说这首诗"文情并茂"[132],实非过誉。

要在郭沫若的大量诗作中找到这样声情并茂的佳构却不容易。他在 1920 年 2 月 16 日致宗白华的信里自陈:"我所著的一些东西,只不过尽我一时的冲动,随便地乱跳乱舞的罢了。"[133]当时他已写出了《凤凰涅槃》《天狗》《晨安》《匪徒颂》《立在地球边上放号》等诗,不久均收入他的第一本诗集《女神》,《女神》里的诗非但是他初入诗坛的成名作,也是他数十年文学生涯中最为人称道的代表作。宗白华的四字按语"雄放直率"用来评价《女神》最是

---

[132] 梁实秋.《草儿》评论[A].见:康白情.康白情新诗全编[M].广州:花城出版社,1990:267.
[133] 郭沫若.三叶集·郭沫若致宗白华[A].见:郭沫若.郭沫若全集文学编(第十五卷)[M].北京:人民文学出版社,1990:46.

恰当不过,雄放固是郭沫若上述作品动人心魄的独到之处,它们的直率同样是显而易见的。我们很难从这些作品中看到情绪的抑扬起伏、轻重疾徐和回旋反复,有的只是一味的狂风暴雨、惊涛骇浪,虽不一定是"乱跳乱舞",却说不上有什么节奏。郭沫若说节奏的效果有两种,使人沉静和使人兴奋,后者譬如先抑后扬的涛声,初起的时候从海心渐渐卷动起来,愈卷愈快、越近越响,卷到岸边就"啪"的一声打得粉碎,还说《立在地球边上放号》正是在海涛的节奏鼓舞之下发出的"狂叫"。[134] 然而《立在地球边上放号》中情绪的潮流不是由远及近愈卷愈快,也不是一浪高过一浪,既谈不上先抑后扬,也并非先扬后抑或抑扬相间,它就像有人一个劲地扯着嗓门放声号叫,连换气的间隙都不太有。如果依照郭沫若自己的标准,这恐怕都称不上是情绪,只能算是始终定格在最高强度的感情。他一再强调,感情必须加上时序的延长,才能成为具有波状节奏的诗的情绪:"简单的一句感情话绝不能成为诗,感情到顶强烈的时候我们的观念的进行反而有停止的时候。"[133]《女神》里的很多作品和《立在地球边上放号》一样,尽一时的冲动,以高度的激情传达相对单一的观念——有时是泛神论,

---

[134] 郭沫若. 文艺论集·论节奏[A]. 见:郭沫若. 郭沫若全集文学编(第十五卷)[M]. 北京:人民文学出版社,1990:357.
[133] 郭沫若. 文艺论集·文学的本质[A]. 见:郭沫若. 郭沫若全集文学编(第十五卷)[M]. 北京:人民文学出版社,1990:348.

有时是"二十世纪的动的和反抗的精神"[136]。作者等不及对感情加以时序的延长,或者在持续的时间中仍未能把强烈的感情转化成张弛有度的情绪,于是一大批雄放直率的作品便诞生了。就说素负盛名的《凤凰涅槃》吧,初稿完成于1920年1月,其结尾"凤凰和鸣"部分,除了每节更换一个形容词之外,其余文字完全一模一样的诗节竟连续达十三节之多。郭沫若在《我的作诗的经过》里回顾《凤凰涅槃》的写作过程,说:"诗语的定型反复,是受着华格讷歌剧的影响,是在企图着诗歌的音乐化,但由精神病理学的立场上看来,那明白地是表现着一种神经性的发作。那种发作大约也就是所谓'灵感'(inspiration)吧?"[137]诗歌的音乐化靠的不是将一种简单的反复实施若干次,更不是在灵感的名义下任热情泛滥而不知节制。郭沫若在1928年1月的修改中已把这十三个诗节删削合并为三节,看来他自己也多少意识到了这一点。

早年那种"神经性发作"般的灵感和热情逐渐消退之后,在郭沫若诗歌中保留下来的是咄咄逼人的声势,以及在感情稀薄后愈加显得空疏的观念,当然观念的具体内容会随着环境和诗人自身的需求而变化。郭沫若1930年代以后的作品诗行、诗节趋于整

---

[136] 朱自清语,他在《中国新文学大系·诗集》的《导言》里说郭沫若的诗有两样新东西,泛神论与二十世纪的动的和反抗的精神,后者是朱自清从闻一多《女神之时代精神》一文的论述中总结出来的。

[137] 郭沫若.我的作诗的经过[A].见:郭沫若.郭沫若全集文学编(第十六卷)[M].北京:人民文学出版社,1989:217.

饬,少有像过去那样长短不齐的,再密密地、不问好歹地押上韵,诗篇的整体节奏(无论意义/情绪节奏还是形式/语音节奏)却终究是单调板滞,"欠点流动曲折"。不过郭沫若虽然向以"凤歌一类的大诗"闻名于世,不以小诗见长,他的小诗里却也偶有像宗白华说的那样"意简而曲,词少而工"的妙品,第二本诗集《星空》中的《新月》,写于1921年10月,显然和《新月与晴海》一诗有相同的背景:

> 小小的婴儿,
> 坐在檐前欢喜,
> 拍拍着两两的手儿,
> 又伸伸着向天空指指。
>
> 夕阳的返照,
> 还淡淡地晕着微红。
> 原来是黄金的月镰,
> 业已现在西空。

此诗纯系白描,绝少作者主观感情或观念的代入,一路从容铺叙下来,最后两行轻轻揭破谜底,布局工巧,别具匠心。虽也押韵,但不露斧凿痕迹,"小小""拍拍""两两""伸伸""指指""淡淡"等叠音词的使用看似稍嫌密集,但用来描绘婴儿稚拙的神态动作,甚至用以暗示婴儿咿咿呀呀的话语声,却颇能奏功,如此娓娓道来,韵致天成。如果说孩子脱口呼出的"Oh moon! Oh moon! Crescent moon!"只是"诗的原始细胞",那么这"单纯的直觉,浑然的情绪"已经在《新月》里完成了脱胎换骨的转变。

康白情主张写诗之前先要布局:"布局就是诗意底整理,体裁就是布局底形式的表现。"⑬康白情的"布局"和"体裁",与宗白华所谓"形式构造"、胡适所谓"内部词句的组织"差相仿佛。《新月》和《新月与晴海》由同一个原始细胞演化而来,两诗并置,高下立判,其间除了立意的差别以外,这布局谋篇之功也是一个相当关键的因素——巧妙、妥帖而自然的布局,恰恰体现了诗人对诗的广义音乐性、对诗的意义呈现过程本身即具有的节奏性的良好把控。另外,不光诗意需要整理,音节也一样,《新月》在语言音乐性方面的不俗表现,正可作为"整理足以助自然的美"一语的注脚。

郭沫若试图为新诗解脱语言音乐性的重负,把关注的焦点转移到诗的情绪节奏,又将它和"音乐的精神"相类比,归根结底还是没能卸下音乐性这副担子。而在实际写作中,他一没有彻底抛开"外形的韵语",经常马马虎虎、"押韵便是",二无法充分掌控情绪的节奏,每每落得个两不讨好。其实新诗可为之事不止于抒

---

⑬ 康白情. 新诗底我见[A]. 见:胡适. 中国新文学大系·建设理论集(影印本)[M]. 上海:上海文艺出版社,2003:335.

情,值得在意的也不仅仅是音乐性。如果我们把对音乐性的关怀暂且放到一边,再回过头来看一看《新月》,它岂非明媚如画,抑或就像一小段逼真的彩色默片?

在中国新诗的草创阶段,诗人们在新诗音乐性的诸多方面进行的尝试和探索,发掘了贴近口语的新的文学语言的诗歌潜力,使得诞生未久的新诗具备了"雏凤清于老凤声"的可能。胡适说早期新诗人音节尝试的目的在于"要看白话是不是可以做好诗,要看白话诗是不是比文言诗要更好一点"。新诗只有一百多年的历史,现在对白话诗和文言诗作整体比较为时尚早,评比白话诗与文言诗个别作品的优劣则说明不了任何问题,然而有一件事已然明白无误:20世纪的中国人用现代白话文写出的诗,完全可以比他们用文言写的诗更好。行文至此,不由想起胡适1922年4月的一首小诗,也许它恰好能成为草创期新诗的写照:

> 开的花还不多;
> 且把这一树嫩黄的新叶
> 当作花看吧。

下编　建设：诗律学或做诗法

第一章　从白话到现代汉语

　　围绕诗与音乐、诗与歌之间关系的争议,以及围绕诗与其他文类界限的争议,贯穿了中国新诗音乐性问题史的始终。在新诗的草创阶段,这些争议就已初露端倪,只不过争议双方一般分属新文学与旧文学两个不同阵营,在新文学主义者内部,人们对有关问题的意见基本是一致的。新诗诞生伊始,旧文人虽然出力攻击新诗,指责新诗不能唱因而不是诗、新诗无韵更不配称诗,但正如朱自清所说,这些人站在"古学主义(即古典主义)"的立场,逆时代而行,其言论产生不了多大的影响。直到1923年,情势出现了变化,"这时新文学主义者自己,有了非难新诗的声音,而且愈来愈多"。[139] 许多人固然信心动摇,开始对新诗的前途表露出悲观和怀疑,一批后起的新诗人

---

[139]　朱自清.新诗[A].见:朱自清.朱自清全集(第四卷)[M].南京:江苏教育出版社,1990:209.

也纷纷对新诗早期的"功臣"们提出批评,指摘他们的大部分作品根本不能算是诗。

我在本书上编中曾提到梁实秋的《新诗的格调及其他》,梁实秋认为新诗运动初起时,大家注重的只是白话,关于诗是什么的问题竟没有多少人来讨论,实乃咄咄怪事。[⑭] 如前所述,此论与新诗早期的情况并不相符,却代表了不少相对后起的新诗人的心声。梁实秋该文本是写给徐志摩的一封信,后来发表在1931年的《诗刊》创刊号上,信中谈到:"在你们办《诗刊》(指徐志摩等人1926年所办的《晨报副刊·诗镌》,引者按)的时候,白话老早成为无疑的文学的工具,所以《诗刊》上所载的诗大半是诗的试验,而不是白话的试验。"经过早期新诗人的不懈努力,"白话"二字的合法地位得到了确立,白话已成为无疑的文学的工具,于是团结在《晨报副刊·诗镌》和其后的《诗刊》周围的诗人们,便把关注的重心尽可能地转移到了"诗"字上面。

语言之于诗,原是一个具有本体论意义的问题,新诗之"诗"又岂能不着落在它所用的语言——白话——上?诗人们在决定了用何种语言来进行表达后,长久地陷于如何用这种语言进行(诗的)表达的焦虑之中。对于早期新诗人如胡适、郭沫若等人

---

⑭ 梁实秋.新诗的格调及其他[A].见:杨匡汉,刘福春.中国现代诗论(上编)[M].广州:花城出版社,1985:142,下同。

的一些诗学主张,后起的诗人虽也有所认同与会心[141],却或感到自然音节无法把捉、难得其妙[142],或对自然音节、内在韵律等理论的产物——新诗早期良莠不齐的大量尝试之作——不以为然、心怀不满,转而另起炉灶,试图为新诗的语言音乐性找出可依循的规律、可效仿的模范、可复制的方法,以此来建立新诗的根基。梁实秋说:"新诗运动最早的几年,大家注重的是'白话',不是'诗',大家努力的是如何摆脱旧诗的藩篱,不是如何建设新诗的根基。……经过了许多时间,我们才渐渐觉醒,诗先要是诗,然后才能谈到什么白话不白话。"如果说在新诗的草创阶段,诗人们主要致力于打破旧诗的藩篱,"破"得尽管彻底,"立"得仍嫌不多,那么在新诗音乐性的建设时期,后起的诗人们实可谓雄心勃勃,他们一心想要重振诗之为诗的尊严,他们怀抱的乃是为新诗"立"法的宏愿。

其实早期新诗人又何尝像梁实秋指责的那样只重"白话"不重"诗"?俞平伯在《社会上对于新诗的各种心理观》中指出,只有外行才会觉得白话诗容易做,白话诗的难处正在于它的自由,接着又说:"他是赤裸裸的,没有固定的形式的,前边没有模范的,

---

[141] 闻一多评《清华周刊》所载新诗的文章,就时常使用胡适在《谈新诗》中首倡的一些概念和术语,饶孟侃《新诗的音节》一文,也承认由情绪的暗示所产生的自然节奏的存在。

[142] 饶孟侃曾在《新诗的音节》里感叹,所谓自然节奏纯粹是诗人自己"理会"出来的,简直没有规律可言。

但是又不能胡诌的：如果当真随意乱来，还成个什么东西呢！所以白话诗的难处，不在白话上面，是在诗上面；……白话诗是一个'有法无法'的东西，将来大家一喜欢做，数量自然增加，但是白话诗可惜掉了底下一个字。"[143]对白话诗过于泛滥、只余"白话"而丢失了"诗"字的可能前景，流露出隐约的担忧，因而在文章里一再强调，用白话做诗"要增加他的重量，不要增加他的数量"。俞平伯在《〈冬夜〉自序》中自陈，自己写诗只是为了表现出在人类中间为爱而活着的自我，至于这种自我表现的产物究竟能不能算诗，已和自己的本意无关。[144]《社会上对于新诗的各种心理观》和《〈冬夜〉自序》发表的时间只隔了两年多，两文自相抵牾的表述折射出俞平伯艺术观念中深层次的矛盾与含混，闻一多的《〈冬夜〉评论》，就眼明手快地揪住了《〈冬夜〉自序》对"诗"的轻视而大做文章。[145] 然而我们必须看到，俞平伯说白话诗是"赤裸裸的，没有固定的形式的，前边没有模范的"，恰恰道出了很多新诗人内心焦虑的根源。旧时的文人都是识字发蒙不久就学对对

---

[143] 俞平伯.社会上对于新诗的各种心理观[A].见：胡适.中国新文学大系·建设理论集(影印本)[M].上海：上海文艺出版社,2003：356,下同。

[144] 俞平伯.《冬夜》自序[A].见：陈绍伟.中国新诗集序跋选[M].长沙：湖南文艺出版社,1986：80。

[145] 顺便说一句，闻一多自己的艺术观念同样存在着这样的矛盾和含混，在他去世前的几年里，其诗观已有较大的转向，他后来也曾表示，要以新的尺度去创造新诗，不管它是诗也好，不叫诗也罢，参见朱自清.闻一多先生与新诗[A].见：朱自清.朱自清全集(第四卷)[M].南京：江苏教育出版社,1990：467-468。

子,对平仄对仗等种种规矩熟极而流后,进而学习做诗,哪怕胸中空无所有,也能不论好歹地诌出一首又一首"诗"来,除了"熟读唐诗三百首"之外,靠的就是闻一多在《〈冬夜〉评论》里提到过的 prosody(闻一多将之译为声律)。英语里有两个意义相近的词,prosody 和 versification,前者一般译作诗律学,后者一般译作做诗法,做诗法里面当然包括了声律的方法,而且在英语诗歌理论中主要即指声律,只是诗律学的要点在"学"字,侧重对既有作品进行声律分析,做诗法的要点在于"法",侧重声律方法在实际写作中的应用。新诗没有固定的形式,没有现成的模范(但并非没有传统,中国乃至整个人类的文学传统正是新诗的传统),开始时甚至连一本适用于白话的韵书都没有,新诗的创作又不像做旧诗那样,能以声律方法为抓手。早期新诗人及其后继者往往都在幼年所受的传统教育中学会了做旧诗,虽不见得衷心喜爱,却不觉其难,写起"赤裸裸"的新诗来,未免感到无从着手、无所依傍。

早期新诗人已然敏锐地指出,新诗是有法而无法的,继起的诗人里却总有一些人被求"法"的惯性思维所困。这种思维习惯在新诗音乐性问题史中随处可见,直至今日仍是如此,而在问题史的建设期,更主导了一时之风气。胡适《谈新诗》表示追求自然音节也需要通过研究来掌握方法,除了音节的方法外,做新诗的方法还有一条——"具体的做法",并花了相当大的篇幅来加以阐述。⑭ 宗白华《新诗略谈》言及"怎样才能做出或写出新体诗",列举了多与哲理接近、在自然中活动、在社会中活动,以及学习点音乐与绘画等多种方法。⑭ 胡适讲"自然二字也要点研究",宗白华谈"艺术的学习与训练",研究、学习和训练都是掌握方法的途径,新诗其实有"法",不少人却总嫌胡适等所指的道路只凭各人自己潜心默求,既不能按图索骥,也不是一种群体性的规约,终究还是无"法",实在"靠不很住"(饶孟侃语),不然为什么新诗早期会有那么多失败之作呢?他们无法同情于白话诗尝试中不可避免的失败,立意另谋出路,一方面继续向外来的文化资源求助,越过20世纪在西方大行其道的自由诗,从外语格律诗里寻求范例,全力进行"体制的输入和试验"⑭,另一方面又将新诗与中国古典文学的血脉重新接续起来。闻一多写下专研律诗的长文,津津乐道于律诗与西洋十四行诗间的异曲同工之妙,把两者均视为新诗的楷模;饶孟侃更直言"诗根本就没有新旧的分别"⑭。其实胡适早说

---

⑭ 胡适.谈新诗[A].见:胡适.中国新文学大系·建设理论集(影印本)[M].上海:上海文艺出版社,2003:306-311,下同.

⑭ 宗白华.新诗略谈[A].见:杨匡汉,刘福春.中国现代诗论(上编)[M].广州:花城出版社,1985:29-31,下同.

⑭ 陈源.新文学运动以来的十部著作(下)[A].见:陈源.西滢闲话[M].北京:东方出版社,1995:309.

⑭ 饶孟侃.再论新诗的音节[A].见:饶孟侃.饶孟侃诗文集[M].成都:四川大学出版社,1997:175.

过"做新诗的方法根本上就是做一切诗的方法;新诗除了'诗体的解放'一项之外,别无他种特别的做法",所谓"具体的做法"既适用于新诗,又可在旧诗中找到无数例证。[149] 只不过胡适主张诗体解放和自然音节,要废骈废律,闻一多等人则希图建立新的诗律,为此不避"复古"之嫌。与此同时,他们虽自称是在做"诗的试验",内心深处却也并不相信自己的新诗体制试验同样会有失败的可能。[150]

王力在1940年代撰写的《汉语诗律学》,谈的主要是古近体诗和词曲的格律,但其第五章《白话诗和欧化诗》分从自由诗、诗行的长短、音步、韵脚的构成、韵脚的位置,以及商籁体(十四行体)新诗等方面讨论了现代汉语的诗律学,除自由体新诗之外,更对相当数量的格律体新诗进行了分析,考量其得失成败,可说是对草创期与建设期新诗语言音乐性试验成果的一次检视和总结。有意思的是,王力动笔之初曾打算在书名中使用"诗法"一词,后来才改用了"诗律学"。[152] 王力说"诗法"而不是"做诗法",固然是

---

[149] 胡适.谈新诗[A].见:胡适.中国新文学大系·建设理论集(影印本)[M].上海:上海文艺出版社,2003:308.

[150] 关于"复古",参见闻一多.诗的格律[A].见:闻一多.闻一多选集(第一卷)[M].成都:四川文艺出版社,1987:335-337,至于闻一多等人的自信,从《诗的格律》末尾的断言即可看出:"新诗的音节,从前面所分析的看来,确乎已经有了一种具体的方式可寻。这种音节的方式发现以后,我断言新诗不久定要走进一个新的建设的时期了。"

[152] 王力.序[A].见:王力.汉语诗律学[M].上海:上海教育出版社,1979:Ⅲ.

因为该书更近于理论研究而非创作指导,却让我想起了新诗音乐性问题史中关于"诗要写,不要做"的争论。郭沫若提出"诗要写,不要做",闻一多则在批评郭沫若诗作的毛病时,指出这也许就是不大"做"诗的结果。[153] 到了1936年,李健吾又在《〈鱼目集〉——卞之琳先生作》里重提"写"和"做"的较量:"最初有人反对'作'诗,用'写'来代替;如今这种较量不复存在,作也好,写也好,只要他们是在创造一首新诗——一首真正的诗。"[154]如此说来,做诗法的"做"似乎确实可以省略了,留下"诗法"两字即可,再进一步论,既然新诗是有法而无法的,是否保留"法"字其实也不足虑,最要紧的只是一个"诗"字。李健吾话中的"他们"指的是1930年代在诗坛崭露头角的一批诗人,然而李健吾这篇文章和闻一多等人在1920年代发表的一些言论一样,对"一首真正的诗"的纯粹性都相当注重。这就涉及了问题史建设期里除格律以外又一个颇为重要的概念:纯诗。具有纯诗倾向的诗人们对新诗格律的态度是彼此相异甚或前后不一的,他们所理解的做诗法或曰诗法也往往互不相同,这与他们对诗歌语言音乐性和广义音乐性之间关系的不同认识有关,对此我将在下文详论。

新诗人为如何用新语言进行诗的表达而焦虑不已,反过来,

---

[153] 闻一多.女神之地方色彩[A].见:闻一多.闻一多选集(第一卷)[M].成都:四川文艺出版社,1987:270.
[154] 李健吾.《鱼目集》——卞之琳先生作[A].见:李健吾.咀华集·咀华二集[M].上海:复旦大学出版社,2005:63.

诗人之如何表达也将多少影响到此种语言的最终走向。语言与诗的这种双向运动,和胡适"国语的文学,文学的国语"一语所描述的情形颇相仿佛。新诗走过的是一条从白话到现代汉语的路,新诗音乐性的实践正是参与和推动中国现代文学语言整体发展的因素之一。在新诗音乐性问题史的建设期,诗人的主张与诗艺的琢磨涉及了语言音乐性(尤以对现代汉语诗律的探索为主)、乐曲音乐性和广义音乐性等不同层面,分别指向不同的路向。其间外部历史环境非同寻常的激烈震荡,也使得这一阶段的问题史呈现出更为驳杂多样的面貌。

第二章　探寻现代汉语的诗律学

第一节　陆志韦："有节奏的天籁才算是诗"

"第一个有意实验种种体制,想创新格律的,是陆志韦氏。"[155] 陆志韦被朱自清称为"徐志摩氏等新格律运动的前驱"[156],他的《渡河》出版于1923年,诗集序文《我的诗的躯壳》"解剖"诗的"躯壳"[157],主张新诗的格律化,比徐志摩、闻一多等在《晨报副

---

[155]　朱自清.导言[A].见:朱自清.中国新文学大系·诗集(影印本)[M].上海:上海文艺出版社,2003:6.

[156]　朱自清.诗话[A].见:朱自清.中国新文学大系·诗集(影印本)[M].上海:上海文艺出版社,2003:26.

[157]　"躯壳"指诗的形式,陆志韦说自己之所以用这个词,是因为"希腊人的理想要美的灵魂藏在美的躯壳里",参见陆志韦.我的诗的躯壳[A].见:陆志韦.渡河[M].上海:亚东图书馆,1923:10,本节所引陆志韦的诗学主张均出自《我的诗的躯壳》,不再一一注明所据版本。

刊·诗镌》倡导"新格式与新音节"[158]还早了三年。朱自清说他的诗也别有一种清淡风味,"但也许时候不好吧,却被人忽略过去"[159]。所谓时候不好,是指当时新诗正面临来自新文学阵营内外的怀疑和非难,处于低谷,而对新格律的追求又尚未蔚然成风。《晨报副刊·诗镌》的干将之一饶孟侃1927年在光华大学作演讲时,也特意提到陆志韦,说《渡河》中的诗颇有精到之处,惜未为一般读者所认识。[160] 下面我们就来看看,陆志韦的诗学见解和写作实践是否确有不可忽略的精到之处。

虽说《我的诗的躯壳》对律化的渴望十分明显,却还没有真正使用"格律"一词,陆志韦所用的是"韵节",分为"韵"和"节"两层,用他本人的话来概括就是:"节奏千万不可少。押韵不是可怕的罪恶。"先说押韵。在陆志韦看来,韵的价值并没有节奏那么大,"不过我们中国自古不曾有过无韵的诗,这一层最难使人领会。自非大聪明的,断脱不出前人的窠臼。因此我做无韵的诗要比有韵的诗格外留意几分。好几次写成了自由诗,愈读愈不能自信,又把他们改写为有韵有节的诗"。他对无韵诗不太认同的理由是中国自古不曾有过无韵的诗,如果韵对于诗是可有可无的,

---

[158] 徐志摩. 诗刊弁言[A]. 见:徐志摩. 徐志摩全集(第二卷)[M]. 天津:天津人民出版社,2005:416.
[159] 同[158].
[160] 参见王锦厚. 年谱[A]. 见:饶孟侃. 饶孟侃诗文集[M]. 成都:四川大学出版社,1997:426.

那么事情何以如此？他想不明白中国诗怎么可以不押韵，又觉得新诗如果依北京话的语音来押韵，通转之下只有二十三个韵部（他根据王璞的《京音字汇》，将北京音分为三十五韵，在《我的诗的躯壳》里一一罗列出来，又通转合并为二十三韵），押起韵来比旧诗和英语、德语诗不知容易多少，这样看来主张专门做自由诗的人们岂非太过偷懒，也太容易受西洋自由诗风气的传染了。陆志韦表示自己写无韵诗时尽管格外留意几分，写完后仍会愈读愈不能自信，之所以不自信，恐怕还是因为一直以来读惯了有韵诗的缘故吧。成见和习惯的力量之大，有时连锐意求新的新诗人都无法与抗。[161] 要脱出前人的窠臼，不但需要"大聪明"，而且需要大勇气。

陆志韦的诗十之八九都是有韵的，但毕竟也写过一些无韵的作品，不便明言反对无韵诗，于是以退为进，提出"押韵不是可怕的罪恶"，以及"破四声""无固定的地位""押活韵，不押死韵"三条押韵的原则。他根据《京音字汇》归并韵部的努力值得肯定，他的三条原则也提高了用韵时的灵活度，正如他自己说的"都以语言为重，形式为轻"。新诗本不惧怕押韵，怕的是对押韵的谐音效

---

[161] 有意思的是，为表达自己对西方现代诗尤其是自由诗的不敢苟同，在《我的诗的躯壳》中，陆志韦竟不承认自己写的是新诗，说它们只是白话诗而已。虽然舍弃了曾经știe熟的文言，转而写白话诗，并且强调这并非出于一时的好恶，而是有充分理由的，但为了不与他所不认可的诗作同列，他却又宣称宁可"万世做奴隶的守旧"。这与闻一多的不避"复古"之嫌，可谓无独有偶、相映成趣。

果过分重视、勉力追求,如朱自清所说让音乐淹没了意义,反显得浮滑而不真切,或者像康白情说的那样"每每的诗里必要用韵;就好用韵来敷衍,以致诗味淡泊,不堪咀嚼"[162]。向来诗中押韵最常犯的毛病一是刻意求工、以辞害意,二是敷衍生凑、言之无物,许多新诗人也不能完全避免,有时更是两弊兼具。陆志韦认为新诗用北京语音押韵,比旧诗韵宽了不少,押韵既然不难,何必废而不用。胡适也曾指出,用汉语押韵原就比许多西方语言容易得多,新诗不押韵绝不是为了偷懒,"押韵便是"倒是个省心的法子[163]。反观陆志韦写无韵诗时的不自信,与其说"押韵不是可怕的罪恶",还不如说在他看来不押韵倒是挺可怕的,还是别"偷懒",花些力气押了韵,求个稳妥吧。其实归根结底,无论写诗时押不押韵,都须"格外留意",警惕可能的弊病,力求自然真切,因为诗的创造本来就不是一件容易的事。

"韵节"二字中,陆志韦把节奏看得尤为重要:"我并不反对把口语的天籁作为诗的基础,然而口语的天籁非都有诗的价值,有节奏的天籁才算是诗。"胡适曾说过:"古人叫做'天籁'的,译成白话,便是'自然音节'。"[164]陆志韦以为天籁/自然音节并不都有

---

[162] 康白情.新诗底我见[A].见:胡适.中国新文学大系·建设理论集(影印本)[M].上海:上海文艺出版社,2003:331.

[163] 胡适.谈新诗[A].见:胡适.中国新文学大系·建设理论集(影印本)[M].上海:上海文艺出版社,2003:302.

[164] 胡适.尝试集·再版自序[A].见:胡适.胡适文集(9)[M].北京:北京大学出版社,1998:88.

节奏,那么他对节奏是怎样理解的呢?"自由诗有一极大的危险,就是丧失节奏的本意。节奏不外乎音之强弱一往一来,有规定的时序。"他所谓"节奏的本意",说的只是诗歌规律性节奏中的一种,即以音强为基础的节奏模式,英语诗律里的抑扬格、扬抑格等(王力《汉语诗律学》统称为轻重律)均属此类,至于非重复性的节奏形式,显然根本不在陆志韦的考虑之中。有了规定的节奏才算是诗,再加上押韵的要求,陆志韦之"韵节"与格律也就没什么分别了。他把抑扬节奏奉为诗歌节奏的正宗,其次是拉丁语诗的节奏模式(以音长为基础),最后才轮到中国古代诗歌平仄相递的模式(以音高为基础)。他进而表示,中国诗用平仄为节奏,原是大可出入的,律诗里的"一三五不论,二四六分明"便是平仄破产的明证,至于白话诗,更可以随语句的意义,一抑一扬,自成节奏。由此,陆志韦明确提出了自己的节奏方案:舍平仄而采抑扬。

"一三五不论,二四六分明"只是一种便于记忆的口诀,实际应用中情况并没有那么简单,"一三五"也并非都可"不论",但"二四六分明"已经点出了近体诗平仄规范的要义——近体诗每两个字为一个节奏单位,第二、四、六字正位于节奏点上(五言诗则没有第六字),平仄尤为讲究,并不像陆志韦认为的那样"那明明说有了节奏,平仄可以不必用的;用了平仄,没有节奏,依旧是没有效力的"。须知近体诗的平仄和节奏实是二而一的东西,其节奏模式乃以平声字与仄声字两两相递为基础，哪怕第一、三、五字的平仄偶尔可以通融，毕竟仍不合正例。他举的"风急天高猿啸哀"（平仄平平平仄平，依正例，第一字和第五字应为仄声字）一句，正属于这种有所通融的情况。他又说这句诗的节奏靠的不是平仄，而是意义，若按语法结构来分析，风急｜天高｜猿啸｜哀，确是每两个字就可成为一个相对完整的意义单位（"猿啸哀"三字也可不再切分为二），然而近体诗的意义/语法单位和声律单位一致的情形本来常有，诗句的节奏主要还是体现在平仄（声律）里面。新诗没有先行规定的声律单位，原可随语句的意义，自成节奏——就像胡适说的那样，以意义和语气的顿挫与段落来构成诗句，至于一抑一扬，则既无必要，亦不现实。

王力在《汉语诗律学》中指出，自中古以来，汉语声调变化甚多，又有轻声字出现，平仄规范以往固曾发挥作用，但目今既已无法沿用，"是否仍应该另行发现节奏的规律，这却是现代诗人所应研究的了"[169]。陆志韦的研究结论是应该另行发现节奏的规律，而且这规律是什么他也已经想好了。他建议采用抑扬相间的节奏，哪怕不能像英语格律诗那样严格执行轻重律，也可稍作折衷，每一个诗行定几个重点（重读音节，在中国新诗里也就是重读的汉字），重点与重点之间用一到三个轻音。他以自己《渡河》中的诗为例："《罂粟花》等诗每行五节（指五个节奏单位，引者按），《永

---

[169] 王力.汉语诗律学[M].上海：上海教育出版社，1979：7.

生永死》等诗每行四节,每节有一两个轻音。都须照西洋的读法。"可他的作品真的能够自圆其说吗?《罂粟花》的第一个诗节如下:

> 呜呼罂粟花,
> 我但愿忘了这世界的罪恶,
> 同你陌路相逢,便成兄弟。
> 将近黄昏,我独自来看你,
> 来同你享一刻寻常的快乐。

姑且不论该诗第一行如何分成五"节",就说第三行吧,要"随语句的意义"把它切分成五个相对独立的单位还比较容易(其实"陌路相逢"一词完全没必要再切分开来):同你｜陌路｜相逢,｜便成｜兄弟。但这五个意义兼节奏单位里,必须轻读的分别是哪五个字呢?我是一个也找不出来。这一节诗里真正的轻声字只有"了"和"的",其他的字词在朗读时固然会因意义、情绪、语气的关系而稍有轻重之别,但这差别本就较小,又多少取决于朗读者个人的拿捏,与英语中重读与非重读音节的绝对差异相比,实不可同日而语。如果为附会所谓的抑扬节奏而对朗读时的轻重作出硬性规定,则免不了违背常理、削足适履。陆志韦讨论押韵问题时还谈到,自己的无韵诗不多,又可分为两类,第一类是

"有节奏的自由诗",如《杂感》五首中的第一、二、五首[166],第二类如《农夫》《弱者》等,仿照西洋的 blank verse(抑扬格五音步无韵体诗)。无韵体诗每行五个音步,每个音步都是一个非重读音节后面跟着一个重读音节,规矩比上述经陆志韦"折衷"过的节奏模式还要严些。仔细检视《农夫》等诗,又何尝是这么一回事?陆志韦要求我们对采用抑扬节奏的诗作"须照西洋的读法",汉语诗怎样照西洋的读法,作者自己不详细说明的话还真猜不透。《渡河》出版后,陆志韦少在诗坛露面,可是他 1930 年代所写的二十三首《杂样的五拍诗》遵循的仍然是自己制定的抑扬原则。这批作品 1947 年在《文学杂志》二卷四期集中发表时,陆志韦在诗前作出说明:因为担心读者不知道该怎么念这些诗,"不得已,只可以把重音圈出来"[167]。他对这些诗加以圈点,每一行都标出了五个重音,所谓"五拍"想必是以五个重音为核心的五个节奏单位了。照作者的标示念一念,就会发现其中有违常理之处委实不少,如《杂样的五拍诗》第一首的第一行:"是一件百家衣,矮窗上的纸"(加着重号的字重读),"一"这样的数词和量词连用时,除非

---

[166] 陆志韦强调"有节奏的自由诗",显然是想以规律性的节奏来"补救"其无韵,这规律性节奏体现在哪里、是否遵循抑扬原则,陆志韦没有细说,仅凭作品文本也无从揣测。值得一提的是,《杂感》五首里的第一首堪称《渡河》中最令人惊喜的作品,设色奇丽,情致萦回,意象的组织与情绪节奏的把控均十分出色,虽然诗行参差错落,最短的一行只五个字,最长的一行有二十个字——从语言音乐性的角度来看,似乎实在是无规律到了极点。

[167] 陆志韦.杂样的五拍诗[J].文学杂志,1947,2(4):55.

是为了强调数字本身(比如要强调是一件百家衣而不是两件百家衣,但从上下文来看,完全没有如此强调的必要)而把它作为逻辑重音来读,一般情况下都会读得略轻一些,不可能成为句中的重音所在。二十三首"五拍诗"里这样的例子不胜枚举,不再赘述。

针对将英诗的轻重律移植到中国新诗里的设想,王力指出:"汉语和英语,毕竟有许多不相同的地方。"[168]——英语中的多音节词总只有一个重音,所以轻重相配有许多变化,汉语的多音节词基本都是字字重读的,只有少数的例外。汉语中绝对的轻声字太少,模仿轻重律并不相宜,如果非要勉强套用,"那就颇嫌单调而呆板"。然而王力似乎又有些犹豫,对"舍平仄而采抑扬"的方案不愿彻底否决,他接着提到,除了绝对的轻声字,也可以试着假定一些"相对的轻音",比如"国家"一词,本来两个字一样都要重读,也许我们可以假定"国"字比较重些,"家"字比较轻些。在我看来,王力假定"相对的轻音",陆志韦在诗行中指定重音以期仿效"西洋的读法",同样是"不得已"而为之的下策,殊不足取。王力也承认,就算这样做了,只怕仍有呆板之虞。我曾经谈到胡适对轻声字的重视,但他强调的是自然的轻重高下可以为诗语言增添音乐性,可不是把自然的轻重变为约定的抑扬。在新诗音乐性的建设期,诗人们急于求成,在探寻新格律时未免有生搬硬套的

---

[168] 王力.汉语诗律学[M].上海:上海教育出版社,1979:865-866,下同。

倾向。我之所以在本章标题里使用"诗律学"而非"诗律",正是因为这个缘故。诗律是对诗歌实践的大量经验进行综合的结果,诗律学则要将这种综合的结果进一步用于具体诗作的分析。新诗人在尚缺经验遑论综合的情况下,径直把有待证明或证伪的假设当作了金科玉律般不容置疑的绝学,以之为凭,将自己的试验产品分析和"解剖"给人看,对其中明显的破绽却视而不见,如此又怎能指望其他人也来照章办理、依样画葫芦呢?

如前所述,新诗并不惧怕押韵,同样的,新诗也不必反对格律。只要这格律是真正从语言的现实中提炼得出的,而非闭门造车自行其是的产物。何况即使有了可行的格律,将来的诗歌想来也再不会是格律诗一家之天下了。朱自清说陆志韦的诗别有一种清淡风味,其实说得不错,读他的诗时只需忽略重音标记,也别试图印证什么抑扬节奏即可。陆志韦的诗学见解和体制试验所以被人忽略过去,其原因恐怕不单单是"时候不好"而已。

第二节 《诗镌》的三员干将

1926年4月1日,《晨报副刊·诗镌》(以下简称《诗镌》)出世,主办者有闻一多、徐志摩、饶孟侃、朱湘等,梁实秋认为"这是第一次一伙人聚集起来诚心诚意的试验做新诗"[109],徐志摩则说:"我们的大话是:要把创格的新诗当一件认真事情做。"[120]像《诗镌》诗人群这样紧密的新诗团体确实是前所未有的,他们为新诗"创格"的努力在当时的影响也不容小觑。徐志摩作为《诗镌》的主编,在《诗刊弁言》里宣告:"我们信我们自身灵性里以及周遭空气里多的是要求投胎的思想的灵魂,我们的责任是替它们搏造适当的躯壳,这就是诗文与各种美术的新格式与新音节的发见。"[121]不知是有意还是巧合,徐志摩和陆志韦一样,使用了"灵魂"与"躯壳"来暗指诗的内容和形式。陆志韦解剖诗的躯壳,在"韵节"问题上最是着力,《诗镌》诗人群所看重的新诗形式,要旨亦在于"新格式与新音节",如果说陆志韦是新诗格律运动的开路先锋,那么《诗镌》诗人群堪称新诗格律运动的主力部队。

闻一多是《诗镌》诗人群中"最有兴味探讨诗的理论和艺术的"[122],徐志摩说他们几个写诗的朋友多少都受到《死水》作者的影响,而诗集《死水》正是闻一多着意于新诗格律理论后的实践成

---

[109] 梁实秋.新诗的格调及其他[A].见:杨匡汉,刘福春.中国现代诗论(上编)[M].广州:花城出版社,1985:142.
[120] 徐志摩.诗刊弁言[A].见:徐志摩.徐志摩全集(第二卷)[M].天津:天津人民出版社,2005:415.
[121] 徐志摩.诗刊弁言[A].见:徐志摩.徐志摩全集(第二卷)[M].天津:天津人民出版社,2005:416.
[122] 徐志摩.《猛虎集》序[A].见:徐志摩.徐志摩全集(第三卷)[M].天津:天津人民出版社,2005:393-394,下同。

果。闻一多发表在《诗镌》上的《诗的格律》集中阐发了他的诗律学,他那著名的"三美"说也在这篇文章里新鲜出炉。作为一个具有美术背景的诗人,闻一多敏锐地指出,格律除了和听觉有关,还包含着一定的视觉性因素。[123]"三美"中音乐的美(音节)诉诸听觉,绘画的美(词藻)与建筑的美(节的匀称和句的均齐)则诉诸视觉。事实上诗歌的绘画美未必仅限于词藻,但它和格律关系不大,闻一多也未加详论。他认为属于视觉方面的格律有节的匀称和句的均齐,这跟建筑美对应,属于听觉方面的有格式、音尺、平仄、韵脚,可以统称为音节,与音乐美对应,而这两个方面又是息息相关的。闻一多表示,关于音乐美,饶孟侃之前发表在《诗镌》上的《新诗的音节》和《再论新诗的音节》已经讨论得很精细了,他这篇文章主要想谈谈新诗的建筑美,只不过建筑美最终仍要着落在音乐美上面。显然,他对饶孟侃的音节/格律理论是颇为赞同的,饶、闻两人的意见也已基本可以代表《诗镌》诗人群的意见。我们先来看看,饶孟侃一论再论,对建设新诗的语言音乐性究竟提出了哪些设想。

一、饶孟侃论新诗的音节

其实饶孟侃和闻一多两人谈论音节时所用的术语还是略有

---

[123] 闻一多. 诗的格律[A]. 见:闻一多. 闻一多选集(第一卷)[M]. 成都:四川文艺出版社,1987:335-339,本节所引闻一多的理论主张均出自《诗的格律》,不再一一注明所据版本。

出入的,饶孟侃对由情绪的暗示而产生的自然节奏的态度,也比坚决主张新诗格律化的闻一多要宽容一些。闻一多称为格式的,饶孟侃叫它格调;闻一多称音尺,饶孟侃则称拍子。至于平仄和韵脚,两人所用术语并无不同。饶孟侃所谓格调,"即是指一首诗里面每段的格式"[174]。他认为格调最忌的是"破碎"和"不齐",格调不齐的新诗好比只有两条腿的方桌,又像一棵大树只有一面长着枝叶,都是违背自然规律的,成功的格调却有助于全诗音节的调和与均匀,如闻一多《渔阳曲》、徐志摩《雪花的快乐》,都是很好的范例。他觉得现在"一班有希望的作家"对新诗的格调都已充分注意,新诗在这方面已有充分的发展,不必过细地伸说了。《诗镌》时期,饶孟侃的诗观虽与闻一多稍有差异,但他既对新诗同样抱有规律化的期待,一意追求均匀(就像闻一多推崇匀称和均齐),也就不足为奇了。

饶孟侃对平仄也着墨不多,这是因为"读过旧诗的人对于平仄的运用都是很清楚的"[175],不需要多举例子。前面已经说过,饶孟侃主张诗没有新旧之别,他在探寻新诗音节的可能性时,注意到了汉语语音特征的历史延续性,却忽略了它的历史变迁。平仄是汉语所独有的,"这种巧妙的作用是我们文字里面的一种特色,

---

[174] 饶孟侃.新诗的音节[A].见:饶孟侃.饶孟侃诗文集[M].成都:四川大学出版社,1997:168-169,下同。

[175] 饶孟侃.新诗的音节[A].见:饶孟侃.饶孟侃诗文集[M].成都:四川大学出版社,1997:172-173,下同。

在任何外国文字里都没有。它在旧诗的音节里,位置占得最高……我们固然不是讲要恢复旧诗音节里死板平仄作用,不过一首诗里的平仄要是太不调和,那首诗的音节也一定是单调"。这番议论乍一看似乎不错,某些时候情形也确实如此,只是汉字的声调经历了诸般变化后,原先的平仄之辨在现代汉语诗歌中的适用性已大打折扣,要避免语音层面的单调,不能光靠"平仄调和"。饶孟侃把双声叠韵等技巧称作"小巧的尝试",认为它们对新诗并非必需,他独独抬高平仄的作用,只怕和它在旧诗音节里曾有的尊崇地位也不无关系吧。

  韵脚又是一个老生常谈的问题。饶孟侃的主要意见是新诗对用韵应该格外重视,初期的许多诗人就是因为不愿意押韵,写出来的东西多半都像脱缰野马,一点规律也谈不上。[⑰] 在他看来,韵脚的功用非同小可:"它的工作是把每行诗里抑扬的节奏锁住,而同时又把一首诗的格调缝紧。要举个例来说,它就好比一把锁和一个镜框子,把格调和节奏牢牢的圈锁在里边,一首诗里要没有它,读起来决不会铿锵成调。"锁住、缝紧、镜框、圈锁,这一连串的字眼立即让人联想到胡适一力想要打破的"枷锁镣铐"。饶孟侃这些比喻其实颇为贴切,有了韵脚的锁和框,诗的表情必会煞有介事,读起来也自铿锵,至于铿锵了是否就一定"成调",则又另

[⑰] 饶孟侃.新诗的音节[A].见:饶孟侃.饶孟侃诗文集[M].成都:四川大学出版社,1997:169,下同。

当别论。

尽管饶孟侃不喜欢"一点规律也谈不上"的无韵新诗,还是认真讨论了一下无韵诗在中国新诗里究竟有没有尝试成功的可能。值得一提的是,除了不押韵的自由诗以外,他还把另一种性质完全不同的无韵诗一并拉入了讨论:

> 我们知道这种诗在英国诗里有两支苗裔,一支是旧的诗剧里的无韵诗(Blank Verse),一支是新倡未久的自由诗(Vers Libre),前者虽然是一种很通行的体裁,但是他们在格调节奏上都有一定的限制,加上英国的文字又有一种复音的作用,而且他们又是用作一种写长诗的工具,所以它的可能性特别大;但是说到自由诗又不同了,据说这种体裁因为没有一定的标准和失却了韵的作用的缘故,一向就没有人能够有把握的把它写好。这样说起来,我们用单音的文字来写无韵诗,虽不敢说是绝对的不可能,但是我相信至少我自己这一辈子"决看不到它有成功的可能"。因为有韵的新诗我们还没有做到完全成功的地步,无韵的新诗更又是谈何容易。我们只要把《志摩的诗》里面的有韵诗和无韵诗比较一下,就知道想尝试是枉费功夫。[177]

---

[177] 饶孟侃.新诗的音节[A].见:饶孟侃.饶孟侃诗文集[M].成都:四川大学出版社,1997:170.

他反对新诗人写自由诗的理由是,没有人能有把握把它写好。别说是自由诗,哪怕是不"自由"的诗,谁又有把握一定能够写好?据说自由诗难写是因为这种体裁没有一定的标准,又失却了韵的作用,难道照了一定的标准,再押上韵,就有把握把诗写好了?饶孟侃觉得有韵的新诗尚未完全成功,无韵的新诗要写好更是谈何容易,由此对之望而生畏、敬而远之,还可说是情有可原,但他断言自己这辈子"决看不到它有成功的可能",话说得不免太满了一点。《诗镌》诗人大多和陆志韦一样,对用汉语写无韵体诗(blank verse)的尝试持乐观态度,饶孟侃却不这么想。他指出英国的文字有一种复音的作用,中国诗人用单音的文字来写无韵体诗,似乎难望其成功。王力在《汉语诗律学》里谈到汉英两种语言的不同之处,饶孟侃这几句话和王力的论述颇有些近似,只不过王力说得更加详明精确一些。单音节词已不再是现代汉语词汇中绝对的主流,多音节词(又称复音词,包括双音节词在内)同样不在少数,但多音节词内部重读与非重读音节相配所形成的轻重变化却是汉语中罕有的。在《诗镌》同人对中国式的无韵体诗寄予厚望时,饶孟侃对汉语的特性仍有较为清醒的意识,也算难能可贵。总之,饶孟侃出于两种不同的考虑,对无韵的新诗(包括自由诗和中国式的无韵体诗)投了反对票,在饶孟侃的新诗音节理论里,韵脚的作用是不容取代的。

谈论节奏时,饶孟侃可谓郑重其事。他说节奏是新诗音节中成败攸关的重要元素,又是最难运用自如的。[173] 他比闻一多高明的地方,是没有对节奏问题作简单化的处理。在闻一多的心目中,音尺就是节奏的化身;饶孟侃则认为节奏可以分两方面来讲,除了用拍子(大致相当于闻一多的音尺)组成的节奏之外,还有一种由情绪决定的自然节奏:

> 但是节奏又可以分开两方面来讲:一方面是由全诗的音节当中流露出一种自然的节奏,一方面是作者依着格调用相当的拍子(Beats)组合成一种混成的节奏。第一种节奏是作家自己在创作的时候无意中从情绪里得到一种暗示,因此全诗的节奏也和情绪刚刚弄得吻合而产生的,这种节奏纯粹是自己理会出来的,所以简直没有规律可言;而第二种则又是纯粹磨练出来的,只要你肯一步步的去尝试,也是可以做得到的。在根本上这两种节奏就没有优劣的分别,因为第一种的方法有时候也靠不很住,第二种有时候也会弄得牛唇不对马嘴(指情调与音节不调和);固然最妙是用第一种方法去做第二种工作。

虽然饶孟侃感到第一种节奏"简直没有规律可言",因而靠不

---

[173] 饶孟侃.新诗的音节[A].见:饶孟侃.饶孟侃诗文集[M].成都:四川大学出版社,1997:170-171,下同。

太住,却没有就此判定它不如第二种节奏,还表示第二种节奏也有把情调(请注意"情调"一词,这恰好是郭沫若用来指称诗的情绪节奏的词)和音节弄得不相调和的可能。"用第一种方法去做第二种工作"的提议很有意思。这未必是"最妙"的选择,何况新诗即使要走格律化的道路,是否该以饶孟侃所说的拍子作为规律性节奏的基础,也是大有可议的。然而对于唯情绪节奏独尊而忽视诗的语言音乐性的诗人,以及忙着给诗句数拍子、浑忘了最初想在诗中表达什么的诗人,这仍是一种有益的提示。饶孟侃提出将两种节奏方案相结合,以为或可互补彼此的不足,其实依照诗律写作时,本应对诗的情绪有所"理会",而诗人从情绪里得到暗示,令诗的语音节奏与情绪节奏刚好吻合,既有可能是"无意中"碰巧,也未尝不可有意而为之——可以"磨练"出来的,不仅仅是拍子。

饶孟侃承认,哪怕诗里并没有一定的拍子,只要诗的音节里自然流露出一种特殊的情绪,就堪称好诗。至于用第二种节奏方案写的诗,饶孟侃举闻一多《死水》一诗为例,他知道读者不明白拍子这东西在诗中应该怎么分,于是操刀示范,对《死水》的开头两行进行了切分:

这是│一沟│绝望的│死水
清风│吹不起│半点│漪沦

闻一多在《诗的格律》里解释音尺的概念时,也以自己的《死水》作为例子,他只标出了全诗第一行的音尺切分方式(与饶孟侃的分法相同),随后说明整首诗的音尺划分/构成原则:每一行都由三个"二字尺"(两个字的音尺称二字尺,依此类推)和一个"三字尺"构成,因此每行的字数都是一样。饶孟侃则说:"这首诗里每一行都是分作四个拍子;每个拍子所占的字数多半是两个或三个,有时候一个字也要占一拍子,这完全是看那个字的声音和语气而决定的。"这与闻一多的说法便有了出入,如此划分所得的结果,也不像闻一多说的那样整饬。对自己的诗所遵循的格律模式,闻一多自然更有发言权,可实际上无论按照闻一多的说法还是饶孟侃的说法,逐行分析《死水》,都会发现许多不相符之处,这一点留待下文细论。

饶孟侃提到,再进一步说,拍子里还能分出字音的轻重与平仄的调和,但这种细微的地方各人自己尝试的时候自会明白。[129]他将拍子里的轻重(抑扬)和平仄视作应由诗人各自去琢磨的问题,并没把它们和自己倡导的节奏模式捆绑在一起,这和陆志韦不同,对陆志韦来说,舍平仄而采抑扬乃是其节奏设想的核心内容。闻一多也曾约略提及音尺与轻重、平仄的关系,只是他言之不详,料来纵有把轻重、平仄与音尺组合起来的愿望,也没能设计

---

[129] 饶孟侃. 新诗的音节[A]. 见:饶孟侃. 饶孟侃诗文集[M]. 成都:四川大学出版社,1997:172.

出可行的方案。王力在《汉语诗律学》中表示，新诗模仿轻重律难免单调呆板，他心里清楚，就算假定一些"相对的轻音"，仍是无济于事，便退了一步，提出："那就索性不拘音步的一致，而只求节奏的一致。……这样，只论音步的多少，不论音步的性质，那么，字数不整齐的诗行，若以音步的数目而论，却很整齐。不过，咱们应该注意，读到三音律或四音律的时候，声音应该快些，读到单音律(罕见)的时候，声音特别拉长，就是了。……这样，可以说是拿意义的节奏来做步律的节奏。"[180]他所说的音步，译自英诗术语foot，与闻一多的音尺实是同一个词的两种译法，他的三音律、四音律，若用闻一多的说法，就该叫三字尺、四字尺了。饶孟侃对诗行字数整齐与否没有作明确的要求，但显然希望每一行里拍子(相当于音尺/音步)的数目能够整齐，拍子的性质则不拘，拍子的划分由声音和语气两个因素共同决定，也和王力的提议大体一致。陆志韦和闻一多对节奏单位的性质却均有各自的要求，陆志韦的原则是抑扬相间，闻一多的想法是用音尺的字数来区分其类型，使诗行中相同类型音尺的数目都相同，这样一来诗行的总字数也必然相同。

饶孟侃的拍子比陆志韦的"节"和闻一多的音尺都要来得宽泛，此外，他还特地声明："拍子这东西用的得当，固然能把一首诗的音节弄得极生动，但是有时候对它过分的注意，弄得音节和情

---

[180] 王力.汉语诗律学[M].上海：上海教育出版社，1979：866-868.

绪失了均匀,也不能写出好诗来。"[181]暂且不论数拍子是否真有益于音节的生动,饶孟侃指出不能对拍子过分注意,强调音节和情绪的协调,和不少追求格律化的诗人胶柱鼓瑟的表现相比,已然棋高一着。《新诗的音节》主要讨论格调、平仄、韵脚和节奏,《再论新诗的音节》作为它的补充,对新诗的音节怎样才算完美这个问题,给出的回答又自有一番见地:

> 我们知道在新诗里面要某种情绪和某种音节的成分调得洽洽均匀,才能产生出一种动人的感觉;新诗的音节要是能达到完美的地步,那就是说要能够使读者从一首诗的格调,韵脚,节奏和平仄里面不知不觉的理会出这首诗里的特殊情绪来;——到这种时候就是有形的技术化成了无形的艺术;再换一句话说,就是音节在新诗里做到了不着痕迹的完美地步。这种时候准是伟大的作品产生的日子。[182]

这是饶孟侃心中新诗音节可能达到的最理想效果,在诗的节奏上,他建议"用第一种方法去做第二种工作",所预期的也正是这样的效果。新诗从自然音节(无形)到建立新的格律(有形),

---

[181] 饶孟侃.新诗的音节[A].见:饶孟侃.饶孟侃诗文集[M].成都:四川大学出版社,1997:171-172.
[182] 饶孟侃.再论新诗的音节[A].见:饶孟侃.饶孟侃诗文集[M].成都:四川大学出版社,1997:178.

最终臻于完美(无形),饶孟侃为我们描绘的仿佛是一个正—反—合的上升过程。然而这条路是否真能走通,它是不是新诗语言音乐性发展的必由之路或最佳选择,仍然充满了疑问。

二、闻一多的格律理论

让我们回到闻一多的诗律学。《诗的格律》一文分两个部分,两部分的篇幅大致相当,第二部分是对诗的"三美"尤其是建筑美的详述,第一部分则反复强调格律是如何的必不可少。为了说服人们参与到新诗格律化的运动中来,闻一多也真是煞费苦心。他毫不犹豫地宣称,如果诗可以不要格律,那就没必要做诗了,因为没有格律的诗再怎么做也高明不到哪里去。"差不多没有诗人承认他们真正给格律缚束住了,他们乐意戴着脚镣跳舞,并且要戴别个诗人的脚镣。"这句美国学者布利斯·佩里(Bliss Perry)的话,经闻一多引用,成了《诗的格律》里最著名的论调,其在中国新诗的作者与读者中的知名度,甚至超过了闻一多自己的"三美"说。瓦莱里认为诗和说话的区别就像舞蹈和走路的区别,这个观点同意者甚多。而闻一多的要求远比瓦莱里苛刻:诗人不仅要对舞步谙熟于心,还应该乐于"戴着脚镣跳舞"(并且要戴别人的脚镣)。他明知这种自虐式的主张势必会招致反对,仍旧慨然表示:"恐怕越有魄力的作家,越是要戴着脚镣跳舞才跳得痛快,跳得好。只有不会跳舞的才怪脚镣碍事,只有不会做诗的才感觉得格律的缚束。"

闻一多的"脚镣"很容易让人想到胡适等早期新诗人力求摆脱的"枷锁镣铐"。然而闻一多希望诗人能"戴着脚镣跳舞",觉得只要诗人的舞步足够娴熟,再多的规矩也不会成为负累,强调的主要是技术层面的因素;胡适提出用鲜活的白话取代已"死"的文言,废除旧诗的格律,打破"束缚精神的枷锁镣铐",重点则在于对精神自由的张扬,而非对诗歌艺术准则的全盘抛弃。——也许可以这样理解:与其说这是一种抛弃,不如说是扬弃。当然,早期新诗作为新文化运动的一个部分,其动机和理论难免带有一定的功利色彩,这是毋庸讳言的,但诗歌的本体意识和文学自觉,在早期新诗人身上同样有相当程度的体现。早期新诗的诸多实践,既有"为白话而诗"(推行白话文又是为了解放国人的思想和精神)的一面,也有"为诗而诗"的一面。如 T.S. 艾略特所言,对一个想要写好诗的人来说,没有一种诗是绝对"自由"的。[183] 对此,早期新诗人是有充分认识的,前述俞平伯所说的"有法无法"就是一个明证。闻一多把诗的格律比作游戏的规则,认为没有规则就做不成游戏,没有格律就做不了诗,可诗歌毕竟不是简单的游戏,而是深邃的艺术。同样的,舞蹈作为艺术,其规则也在有无之间,绝非

---

[183] T.S. 艾略特.诗的音乐性[A].见:T.S. 艾略特.艾略特诗学文集[M].王恩衷编译.北京:国际文化出版公司,1989:186.

亦步亦趋便可得窥堂奥。饶孟侃提倡化有形的技术为无形的艺术，闻一多反而进一步把技术具象化，比之为脚镣。戴着有形的脚镣，跳起舞来还能每一步都踩在鼓点上，这固然颇为高明，但只怕仍然及不上真正的艺术家，一举手一投足，皆有无形的自律。

《诗的格律》第一部分劝诱诗人戴上脚镣，一番苦口婆心之后，闻一多忍不住发了几句牢骚：

> 本来诗一向就没有脱离过格律或节奏。这是没有人怀疑过的天经地义。如今却什么天经地义也得有证明才能成立，是不是？但是为什么闹到这种地步呢——人人都相信诗可以废除格律？也许是"安拉基"（应指英语中的 anarchy，意为无政府，引者按）精神，也许是好时髦的心理，也许是偷懒的心理，也许是藏拙的心理，也许是……那我可不知道了。

闻一多猜测废除格律论者的"心理"，无政府主义、追逐时髦、偷懒、藏拙，这些因素在个别人云亦云或浑水摸鱼的诗人身上也许存在，却绝不是人们对自由体新诗产生认同的主因。个中原因本书上编已有详细论述。我们不妨反过来考虑一下这个问题：为什么自陆志韦的《渡河》以来，直至今日，总有一定数量的新诗人对格律孜孜以求？如果借用闻一多的句式，这也许是由于对"天经地义"的依傍心理，也许是求"法"的惯性心理（如饶孟侃见自由诗写起来没有一定的标准可依，便视为畏途），也许是写自由诗的时候总觉得"不自信"(如陆志韦),也许是自诩为一个长袖善舞的诗人,怀有强烈的自豪感和文类意识,至于诗的文类特性为什么非要通过格律来体现,那我可不知道了。

"前面已经稍稍讲了讲诗为什么不当废除格律。现在可以将格律的原质分析一下了。"闻一多把格律对于诗的必要性"稍稍"讲过,终于进入了"三美"的正题。他指出中国的文字是象形的,和西方人相比,我们应该更加重视文学作品给读者的视觉印象。值得庆幸的是新诗采用了西文诗分行书写的方式。"因为这一来,我们才觉悟了诗的实力不独包括音乐的美(音节)绘画的美(词藻)并且还有建筑的美(节的匀称和句的均齐)。……所以如果有人要问新诗的特点是什么,我们应该回答他:增加了一种建筑美的可能性是新诗的特点之一。"胡适说与旧诗相比,新诗除了"诗体的解放"一项之外,别无他种特别的做法,闻一多则向人们提示了新诗在视觉上的新的可能性,在当时也可算独具慧眼。不过诗的建筑美是否仅仅意味着"匀称"和"均齐",却是大可商榷的。

闻一多接下来的论述颇有自相抵牾之处。他说诗的格式虽属于音节(音乐美)的范畴,属于格律的听觉方面,却和视觉方面的格律——节的匀称——大有关系,可以说没有格式就没有节的匀称。他又说律诗的格式虽也具有匀称均齐之美,但新诗建筑美的可能性比律诗要大得多,理由有三:律诗永远只有一个格式,而新诗的格式是层出不穷的;律诗的格式与内容不发生关系,新诗的格式是根据内容制造而成的;律诗的格式是别人替我们定的,新诗的格式可以由我们自己的意匠来随时构造。他总结道,新诗的格式是相体裁衣,既不同于印板式的律诗,又不同于杂乱无章、参差不齐、信手拈来的自由诗。殊不知杂乱不一定无"章",参差不齐也未必就是信手拈来的结果。"相体裁衣"是一个很有意思的比喻,闻一多认为诗的内容和格式就像人的身体和衣服,郭沫若则说诗应该是纯粹的内在律,只要是真正的美人(只要有了"情绪的自然消涨"),穿件什么衣裳都好,不穿衣裳的裸体更好。[184] 其实饶孟侃也打过类似的比方,只是他的倾向性与郭沫若不同。他在《新诗话》一文里讨论了土白入诗、情绪与格律、译诗三个问题,关于诗的情绪与格律,饶孟侃把它们比作人的性情与衣服:

> 我们都知道一首诗里根本少不了的成分就是情绪,所以要谈诗,第一句话就得承认情绪在诗里是个先决的问题,到第二句话才能谈到格律。
>
> ……
>
> 如其我们要把一首诗来比作一个人,那末诗里的情绪就是人的性情。一个人有一个人的性情,所以一首诗也应该有一首诗的情绪。我们所以不讨论情绪而专谈格律音节,是因

---

[184] 郭沫若.文艺论集·论诗三札[A].见:郭沫若.郭沫若全集文学编(第十五卷)[M].北京:人民文学出版社,1990:337-339.

为我们已经认定了情绪是一首诗里"必须的东西",它的存亡即是诗的生死,再没有讨论的余地。

……

我方才曾经把人的性情比作诗的情绪,现在我们也可以把人的衣服来比作诗的格律。情绪和格律的关系在诗里就好象是一件衣服的尺寸大小,颜色深浅,花样新旧,材料粗细和一个人的性情有关系一个样。有的人喜欢穿得非常漂亮,但是也有人喜欢穿得朴素一点,这完全是跟着一个人的性情走的。所以要是我们能够假定人的性情可以一部分由穿衣服里表现出来,那末同时也就可以断定一首诗的情绪也可以一部分由格律里表现出来。说到这里我们大概又知道格律并不会妨碍情绪,而情绪反可以借着格律表现了。[185]

首先我们可以看出,饶孟侃和闻一多一样赞成相体裁衣,主张以不同的格律来表现不同的情绪/内容,但他的观点和闻一多并不完全一致。陆志韦和闻一多都把格律视作诗之为诗不可或缺的文类标识,陆志韦说"有节奏的天籁才算是诗"(这节奏必须是规律性的、定型的节奏),闻一多断定诗绝不能废除格律,饶孟侃却表示情绪在诗里是个先决的问题,是一首诗里"必须的东

---

[185] 饶孟侃. 新诗话[A]. 见:饶孟侃. 饶孟侃诗文集[M]. 成都:四川大学出版社,1997:184-185.

西",它的存亡即是诗的生死,再没有讨论的余地。在饶孟侃看来,对诗歌而言,情绪必然是第一性的,相较之下,格律只能算第二性。况且他并没有认为不依格律的自由诗就不是诗,只是更倾向于写格律诗罢了。哪怕是在《诗镌》同人内部,关于诗和其他文类的界限,诗人们的认识也存在着这样的微妙差异,在整个新诗音乐性问题史上,就更是争议蜂起,扰攘不绝了。

　　姑且使用这种情绪/内容和语音形式两分的视角来看待"相体裁衣"问题,衣服毕竟是要穿的(内在韵律一旦形诸文字,就等于裸体美人穿上了衣裳),但既然衣服的尺寸大小、颜色深浅、花样新旧、材料粗细均取决于人的身材和性情,那么匀称均齐也好,杂乱参差也好,只要诗的语音形式和它的情绪/内容相匹配,由此产生的视觉效果就都不失为诗歌"建筑美"的一种形态。闻一多虽然声称新诗建筑美的可能性比律诗要大得多,律诗永远只有一个格式,新诗的格式是层出不穷的,却始终跳脱不出自己追求"匀称"与"均齐"的美学趣味。而他在《诗的格律》里热心提倡的"豆腐干体"新诗(也称"方块诗""麻将牌诗"),固然兼具节的匀称与句的均齐,可终究和"印板式"的律诗一样,"永远只有一个格式"——四行成一节,每行的字数都相等。律诗有五言和七言之分,长度可以仅限于八句,也可以如排律那样拉长到百句;两首"豆腐干体"诗之间,最多也就是诗行的规定字数不同、诗节的数目不同,视觉形态都是四四方方差相仿佛。前面说到闻一多论述中的自相抵牾,"豆腐干体"就是对"相体裁衣"的一个绝妙讽刺。他说律诗的格式是别人替我们定的，新诗的格式可以由我们自己的意匠来随时构造，难道他忘了，自己刚刚还在劝说大家戴着别人的脚镣跳舞？闻一多"相体裁衣"的良好愿望，与新诗格律化的追求之间，实际上有着深刻的矛盾，而他对此尚缺乏清晰的意识。

格律体现的是程式化、规范化的要求，诗律本身就是一种集体的规约，即使在某种语言的诗律体系里同时存在着若干种诗体，相对的统一和固定仍然是必须的。对格律诗的作者来说，追问脚上的镣铐究竟是自己的还是别人的，原本就是一件无谓的事。说到底，一种格式/诗体必须被人们模仿和复制，才能成其为"体"，只要是"体"，就不可能完全凭着我们自己的意匠，随心所欲、层出不穷地随时构造。只有放弃格律化的诉求，才有可能真正为每一首诗量身定做一件衣服。"相体裁衣"的想法虽然颇有可取之处，却实在不该由闻一多这样醉心于格律的诗人来提出。

为了推介自己首创的"豆腐干体"，闻一多不但谈到了由严整的格式带来的节的匀称，而且还隆重推出了关于新诗音尺的理论，在他看来，音尺与格式一样，既是音节（听觉方面的格律）当中特别重要的元素，又和新诗的建筑美密切相关，没有音尺就没有句的均齐。上文提到过闻一多对《死水》一诗所作的音尺分析，下面我们来看看这种分析（包括饶孟侃对《死水》的拍子的分析）能否经得起质疑。如果按照王力的提议，以诗句内部的意义单位作为节奏的单位[186]，那么《死水》的第一节基本上符合闻一多所说的每行三个"二字尺"加一个"三字尺"的组合模式。从第二节开始，情况就变得复杂了：

> 也许铜的要绿成翡翠，
> 铁罐上锈出几瓣桃花；
> 再让油腻织一层罗绮，
> 霉菌给他蒸出些云霞。

试对第二节第一行的意义单位进行划分。"也许"可以算一个意义单位，"翡翠"仿佛也可算一个意义单位，这是两个二字尺，还需要分出一个二字尺和一个三字尺来，才符合闻一多的原则。那么剩下的五个字应该分成"铜的要｜绿成"呢，还是"铜的｜要绿成"？论语法结构，"铜的"是一个名词性词组，"要"修饰动词"绿"，是一个助动词，在此表示某种可能性，这样看来似乎是后一种划分方式更加合适一些。但"要绿成"三字很难说是一个相对

---

[186] 对于音尺的划分依据，闻一多没有明言，饶孟侃则说如何划分拍子要由声音和语气两个因素共同决定。事实上，两人都清楚，假如仅以音节/字数的多少为依据，机械地为新诗划分节奏单位，是无法找出真正的节奏感的。我在本书上编中讨论胡适所谓的"语气的自然节奏"时，就已指出，如果要对新诗诗句的节奏进行分析，只能以自然形成的意义/语法单位而非某种先行规定的声律单位作为节奏的单位。在实际的分析中，闻一多和饶孟侃也均侧重于意义和语气因素，主要以此为依据来划分节奏单位。

独立和完整的意义单位,单独来看,它所能表达的意义是非常不明确的。其实该句的意思是死水中的破铜也许会变色,变得像翡翠一般绿,"翡翠"一词同样不具有真正的独立性,它是对动作(变绿)导致的结果的一种形容,也是不该和之前的成分分开的。依我之见,为了避免意义的支离破碎,对"铜的要绿成翡翠"一语压根就不必再作切割,非要切分的话,最多也就是把"铜的"和"要绿成翡翠"分成两个单位。如此,这一行诗里至多只有三个意义兼节奏单位,尽管总字数是九个,却满足不了闻一多对音尺类型和数目的要求。饶孟侃说《死水》"每一行都是分作四个拍子;每个拍子所占的字数多半是两个或三个,有时候一个字也要占一拍子","一个字也要占一拍子"不知指的是怎样的情况,若以这行诗而论,莫非他竟会让"要"字单独占一拍子?第二行中的"铁罐上"是一个方位词组("铁"与"罐"之间又有偏正关系),作为全句的主语,可以看作一个相对独立的单位,"锈出几瓣桃花"跟"要绿成翡翠"的情形相似,"出几瓣桃花"五个字是对动词"锈"的补充说明,表示动作(生锈)的结果,"锈出几瓣桃花"这一整个后补词组也不应被割裂,当然"几瓣"和"桃花"之间还有修饰关系,但这是后补词组内部的深层关系,与"铁罐上"和"锈出几瓣桃花"之间的主谓关系属于不同的层级。事实上,全诗第一节第二行"清风吹不起半点漪沦"的谓语也是一个后补词组,对之进行"吹不起│半点│漪沦"的分割一样是颇为勉强的。第二节第三行是一个兼语式的句子,在这里,"油腻"兼作"让"的宾语和"织"的主语,照理说兼语结构中三个成分之间的关系是比较紧密的,这里姑置不论,权且把诗句切分为"再让│油腻│织一层│罗绮"("织一层罗绮"是动宾词组,与"绿成翡翠""锈出几瓣桃花"等不同,将"织一层"与"罗绮"切分开来,仅从语法角度看并无不妥,当然"油腻"是不可能自己把自己当作原材料来织"罗绮"的,这与"铜的要绿成翡翠""铁罐上锈出几瓣桃花"一样,本质上都只是一种修辞)。而第四行如果切分成"霉菌│给他│蒸出些│云霞",除了"蒸出些云霞"这一后补词组被割断以外,还会出现另一个问题:"给"既可作介词又可作动词,"给"附着在"他"前面,组成介词结构,修饰动词"蒸",在全句中本不致产生歧义,可一旦把"给他"前后的句子成分切掉,使之成为一个孤立的单位,"给"字究竟是介词还是动词就有可能无法确认,"给他"的意义也会发生变化。

  我以上所作的分析已然十分烦琐,要是把《死水》剩余的三节全部分析一遍,将会占用更多的篇幅。我作这番分析,为的是指出这样一点:闻一多想必在写作过程中就为这首诗拟定了音尺的组合模式(当然拟定之前会有一个斟酌的阶段),尽可能地以这种模式来构成诗句,尽管作者写作时苦心经营,完篇后志得意满[187],但读者一经仔细分剖就可发现,作为一首遵行闻一多音尺理论的

---

[187] 闻一多自己在《诗的格律》里是这么说的:"结果,我觉得这首诗是我第一次在音节上最满意的试验。"

代表性作品,《死水》与其说是一个铁证如山的范例,还不如说是一个漏洞频出的反例。这并不是《死水》本身的错误,为求得匀称均齐的效果,这首诗的语言不免稍嫌逼仄(就像一个活人被嵌入了镜框,手足不得舒展),可仍不失为一首好诗。真正出了问题的,是闻一多引以为傲的那一套诗律学。

吕进主编的《中国现代诗体论》里有这样一句话:"受古诗的影响,'齐言'一直是有些意欲创格的诗人的梦想。"[⑱]诚哉斯言,《诗镌》时期的闻一多固然梦想着新诗的均齐,陆志韦和饶孟侃又何尝不是?虽然陆志韦的"有节奏的自由诗"诗行是长短不齐的,饶孟侃也没有要求诗行的长度一律均等,但两人都追求规律性的节奏,希望诗行中节奏单位的数目能够保持一致,或至少体现出一定的规律,陆志韦更希望节奏单位具有统一的性质,这些都是为了实现全诗的大体整齐。意欲创格的诗人要引领新诗走上格律化、规范化的道路,必然需要制定等时性、周期性的(亦即大体整齐的)节奏模式,排斥非重复性的(自然的)节奏形式,而前一种节奏方案的关键在于设定节奏单位所占的时长,并在此基础上规定诗行中节奏单位的数目。各国旧有的诗律体系一般都将本国语音的某种主要特性(如汉字的平仄、古希腊语的长短音、英语的抑扬等)当作统摄性的声律原则,以此为据来设定相对等时的节奏单位。现代汉语语音在音高、音长、音强诸方面均发生了一些

[⑱] 吕进.中国现代诗体论[M].重庆:重庆出版社,2007:328.

变化,迄今为止,不断有人热衷于新诗的格律化,然而谁也没能从现代汉语的声音系统中提炼出一种真正具有代表性的特质,因此新诗始终只能以意义的单位作为节奏单位。1920年代出现的陆志韦的"节"、饶孟侃的"拍子"、闻一多的"音尺",1930年代孙大雨、叶公超提出的"音组",1940年代王力总结的"音步",以至1950年代何其芳、卞之琳所说的"顿",究其实质,都是以意义的分野为主要依据所划分的节奏单位。王力建议读者"读到三音律或四音律的时候,声音应该快些,读到单音律(罕见)的时候,声音特别拉长",是为了缩小时长不同的节奏单位之间的差距,但当差距过大时,这种人为的补救方式也未必能够奏效。正如我对《死水》的分析所表明的,现代汉语语法结构趋于复杂,加上单音节词和多音节词在贴近口语的新诗里均有频繁的使用[189],导致诗句中的意义兼节奏单位长短不一,别说一个单位占三四个音节(三四个字)是家常便饭,出现六七个音节(六七个字)的单位也不稀奇。如果为满足格律化的诉求而不顾语言的实际面貌,在朗读时人为地改变语速或任意规定停顿的位置、在节奏分析中将一些具有整体性的意义单位强行肢解,势必会影响到诗歌意义与情绪的清晰传递。

  一个诗律体系的成熟需要长时间的酝酿和持续的打磨,如此方能在凸显诗歌语言音乐性的同时,保证表达的自然与流畅,最大限度地避免以辞害意。旧诗(至少在它的全盛期)和许多西文

---

[189] 这一点我在本书上编中讨论胡适的自然音节理论时也曾经提到过,可参看。

诗的诗律体系都是这样,虽然偶有声律凌驾于意义、意义单位被声律单位分解的现象,但这种情况并不多见,对诗人的创作和读者的欣赏都没有造成太大的影响。格律体新诗的作者们可就没这么幸运了,他们有着各自奉为圭臬的诗律学,你方唱罢我登场,却接连在自己格律理论的指引下陷入写作的窘境,其最终表现往往是作品语言的局促和扭结。当然,格律体新诗里不是没有好的作品,可那和格律不格律没什么相干,也就是说,即使格律幸而没有妨碍诗意的表现,它也并未帮助诗意的表现,只因这格律的出发点不是语言的现实,所能体现的语言音乐性是微乎其微的。在20世纪的末梢,诗人郑敏写下《试论汉诗的传统艺术特点——新诗能向古典诗歌学些什么?》一文,由衷感叹:"在走出律诗后,中国新诗再也没有能拿出任何音调的设计。"[19]和律诗相比,中国新诗的历史实在还太短,其实大可不必操之过急,指望在旦夕之间拿出有关新诗语言音乐性的一揽子解决方案来。

三、徐志摩的体制试验

1948年,郭沫若以一篇《开拓新诗歌的路》,对新诗的道路进

---

[19] 郑敏.试论汉诗的传统艺术特点——新诗能向古典诗歌学些什么?[J].文艺研究,1998,(4):88.

行了回顾和展望。他在文中表达了这样一个观点：新诗没有建立出一种形式来,正是新诗的一个很大的成就,因为不定型正是诗歌的一种新型;如果说新诗的成就还不够大,那么要求新诗定型化、豆腐干化的"内外火迫"倒要负主要的责任。[191] 继闻一多在《诗镌》发表《死水》等"豆腐干体"新诗之后,饶孟侃、朱湘等诗人纷纷加入了这种"新型"诗歌的尝试。闻一多在《诗的格律》里作出乐观的预言,称这将是新诗历史上的一个"轩然大波"。只可惜这一阵波涛没过多久就已平息,继之而起的是对它的反拨。《诗镌》只出了十一期便即停刊,徐志摩在《〈诗刊〉放假》里谈到"豆腐干体"时是这么说的:"我们,说也惭愧,已经发见了我们所标榜的'格律'的可怕的流弊! 谁都会运用白话,谁都会切豆腐似的切齐字句,谁都能似是而非的安排音节——但是诗,它连影儿都没有和你见面!"[192]徐志摩并不是要把《诗镌》同人的"豆腐干体"作品一笔抹倒(他在同一篇文章中点数《诗镌》上发表过的佳作,就把闻一多的《死水》和《黄昏》两首"豆腐干体"诗推为上乘),也不想彻底放弃对新诗音节的讲求,但他心底对同人们标榜的格律模式所萌生的怀疑却已昭然若揭。徐志摩一向不是闻一多那样热心的理论家,此时他终于按捺不住,发表了自己以挽回流弊为目

---

[191] 郭沫若.开拓新诗歌的路[A].见:郭沫若.郭沫若佚文集(下册)[M].成都:四川大学出版社,1988:216.

[192] 徐志摩.《诗刊》放假[A].见:徐志摩.徐志摩全集(第三卷)[M].天津:天津人民出版社,2005:87.

的的修正意见:

> 我们也感觉到一首诗应分是一个有生机的整体,部分与部分相关连,部分对全体有比例的一种东西;正如一个人身的秘密是它的血脉的流通,一首诗的秘密也就是它的内含的音节,匀整与流动。……明白了诗的生命是在它的内在的音节(Internal rhythm)的道理,我们才能领会到诗的真的趣味;不论思想怎样高尚,情绪怎样热烈,你得拿来彻底的"音节化"(那就是诗化)才可以取得诗的认识,要不然思想自思想,情绪自情绪,却不能说是诗,但这原则却并不在外形上制定某式不是诗某式才是诗,谁要是拘拘的在行数字句间求字句的整齐,我说他是错了。行数的长短,字句的整齐或不整齐的决定,全得凭你体会到的音节的波动性;这里先后主从的关系在初学的最应得认清楚,否则就容易陷入一种新近已经流行的谬见,就是误认字句的整齐(那是外形的),是音节(那是内在的)的担保。……我们还可以进一步说,正如字句的排列有恃于全诗的音节,音节的本身还得起源于真纯的"诗感"。再拿人身作比,一首诗的字句是身体的外形,音节是血脉,"诗感"或原动的诗意是心脏的跳动,有它才有血脉的流转。[193]

---

[193] 徐志摩.《诗刊》放假[A].见:徐志摩.徐志摩全集(第三卷)[M].天津:天津人民出版社,2005:86.

在本书导言里，我曾经提到郑敏《世纪末的回顾：汉语语言变革与中国新诗创作》中的一个见解，她认为徐志摩、闻一多等诗人"不是在建造一种外形的格律，而是在寻找那无形而又如血脉贯通全诗的诗的音乐性"[194]，她的依据就是徐志摩的上述议论。郑敏的按语用在徐志摩身上或许是不错的，对闻一多就未必适用了。须知徐志摩发这番议论是因为意识到了格律的"可怕的流弊"，而当时流行的格律模式正是由闻一多首倡的。徐志摩所谓的"内在的音节（Internal rhythm）"颇有些耐人寻味，它不仅明显有别于闻一多所追求的匀称均齐的外形，与郭沫若的"内在韵律（Intrinsic Rhythm）"之间也有不少差异。闻一多固然说过，字句整齐了，音节不一定就会调和，要谋求诗歌外观的整齐，必须首先注意音尺的整齐，然而他主张"整齐的字句是调和的音节必然产生出来的现象。绝对的调和音节，字句必定整齐"，这显然和徐志摩的看法不同。对闻一多而言，外形（字句）和音节（音尺）分属格律的视觉和听觉两个方面，但建筑美也好，音乐美也好，美的标准是同一个——整齐。相比之下，徐志摩的"内在的音节"却包含了更多的可能性。徐志摩表示："行数的长短，字句的整齐或不整齐的决定，全得凭你体会到的音节的波动性。"诗的音节好比人的血脉，除了"匀整"以外，另有一个重要的特征，那就是"流动"。

---

[194] 郑敏. 世纪末的回顾：汉语语言变革与中国新诗创作[J]. 文学评论，1993，（3）：12.

"波动性"这个说法值得注意,它很容易让人联想起郭沫若关于情绪的波状节奏的论述。只是这仍然是音节(语言音乐性)的波动,而非情绪(广义音乐性)的波动。在徐志摩看来,字句是身体的外形,"内在的音节"是血脉,"诗感"或原动的诗意则像心脏的跳动,有它才有音节,才有血脉的流转。和"内在的音节"相较,倒是这真纯的"诗感"或原动的诗意,跟郭沫若的"内在韵律"(诗的情绪/意义节奏)更加接近一些。徐志摩的"内在的音节"与郭沫若的"内在韵律"之间还有一个差别:血脉内在于身体,不能脱离身体而存,音节须得落实在(整齐或不整齐的)字句上,郭沫若的"内在韵律"却有点超然物外的意思,哪怕不穿衣裳,美人也还是美人。

徐志摩毕竟不太擅于理论,关于"内在的音节",我们很难找到更多的阐述。但他是个积极的实干家,他没有忘记自己在《诗刊弁言》里发布的"大话"——把创格的新诗当一件认真事情做,在《诗镌》暂告收束(事实上是从此停刊)之际,他总结道:"在理论上我们已经发挥了我们的'大言',但我们的作品终究能跟到什么地位,我此时实在不敢断言。就我自己说,我开头是瞎摸,现在还是瞎摸,虽则我受《诗刊》同人的鼓励是不可量的。"[109]徐志摩虽自称"瞎摸",可他终究是《诗镌》同人中的一员(而且是十分重要的一员),对于新诗在音节上如何"创格"尽管没有太多理论可以

---

[109] 同[102].

发挥,却始终在认真地努力着。这种努力从第一部诗集《志摩的诗》(1925年初版)写作期间就已开始,一直延续到他最后的诗作里,《诗镌》诗人群形成后,受闻一多谨严诗风的影响,他作品中的音节追求也愈益明晰和自觉。朱自清谈及《诗镌》诗人群时说:"闻一多氏的理论最为详明……但作为诗人论,徐氏更为世所知。"⑭比起"苦吟"诗人闻一多来,徐志摩的诗既有丰沛的产量,又相当地脍炙人口。陈源则试图指出,徐志摩作为诗人为世所知,实非幸致,他对新诗体制的建设作出了很大的贡献:"《志摩的诗》几乎全是体制的输入和试验。经他试验过有散文诗,自由诗,无韵体诗,骈句韵体诗,奇偶韵体诗,章韵体诗。虽然一时还不能说它们的成功与失败,它们至少开辟了几条新路。"⑰

据我所见,徐志摩固然有不少为读者津津乐道的作品,但除了几个常和他一起谈诗论文的朋友之外,恐怕没有太多人会注意到他的某一首诗是骈句韵体,又有哪几首诗是章韵体,也不会把徐志摩作品给人带来的愉悦感归功于他的体制试验。饶孟侃讨论新诗音节的理想效果时,谈到作者如能不着痕迹地运用音节手段,而使读者不知不觉地理会出诗中的特殊情绪,就可说是达到了音节上的完美。徐志摩以及其他《诗镌》诗人的一些得到读者认可的作品,虽然离"羚羊挂角,无迹可求"的完美境界尚远,却也经常

---

⑭ 朱自清.导言[A].见:朱自清.中国新文学大系·诗集(影印本)[M].上海:上海文艺出版社,2003:5-7.

⑰ 同⑭.

会让人忘了自己正在读的是一首格律体新诗。这不妨说是作品的成功,同时却表明了体制试验的失败。诗人自以为开辟了几条新路,不料尾随者寥寥,连喝彩鼓掌之声都不大听得到。时间一长,那几条路自然是湮灭无踪,重新变回了胡适所谓的"沙碛不毛之地"。

徐志摩说"我素性的落拓始终不容我追随一多他们在诗的理论方面下过任何细密的工夫"[198],由于缺乏闻一多他们那样成套的格律理论,他的体制输入与试验便主要集中在和用韵有关的方面。陈源所列举的六种诗体里,前三种都不押韵,后三种则是韵式的试验,一切仿佛都围绕着押不押韵、有韵诗应该怎样押韵、不押韵的诗又该怎么写等问题而展开。散文诗和自由诗是初期新诗中早已经有了的,虽是从西方输入,却非自徐志摩而始,无韵体诗陆志韦也写过,不过两人的尝试均未能赢得广泛的认同。[199] 值得一提的是,徐志摩还写过十四行诗,也和闻一多一样,专门在自己的文章中阐扬过十四行诗的好处。在中国新诗的历史上,不少人对无韵体和十四行这两种体裁在新诗中的成立都曾深表期许[200],也先后有不少诗人尝试过这两种体裁(包括它们的变体),

---

[198] 徐志摩.《猛虎集》序[A].见:徐志摩.徐志摩全集(第三卷)[M].天津:天津人民出版社,2005:394.

[199] 饶孟侃就说过:"我们只要把《志摩的诗》里面的有韵诗和无韵诗比较一下,就知道想尝试是枉费功夫。"参见前文.

[200] 朱自清就曾表示:"无韵体和十四行(或商籁)值得继续发展;别种外国诗体也将融化在中国诗里。"参见朱自清.新诗杂话·诗的形式[A].见:朱自清.朱自清全集(第二卷)[M].南京:江苏教育出版社,1988:398.

其中不能说没有成功的作品（冯至的《十四行集》就令人刮目相看），无韵体和十四行作为诗体却终究没能在新诗里站稳脚跟。[201]

徐志摩作品中的有韵诗远多于无韵诗，他本人重视韵式的试验，换着花样押韵，读者只觉得他简直不肯错过一个韵脚——他的诗一般每行末尾都押韵，再不济也要隔行押韵，至于押的是间韵还是连韵、是一韵到底还是一再转韵，就不太有人在意了。韵脚这么密，少不了会有凑韵的情形出现。废名在《新诗应该是自由诗》里说起写新诗勉强叶韵的问题，举了许多例子，也谈到了闻一多："我记得闻一多在他的一首诗里将'悲哀'二字颠倒过来用，作为'哀悲'，大约是为了叶韵的原故，我当时曾同了另一位诗人笑，这件事真可以'哀悲'。"[202]这种可"哀悲"的事，我们在读徐志摩的诗时偶尔也会碰到。比如下面这三处：

> 但当月光将花影描上了石隙，
> 这粗丑的顽石也化生了媚迹。
> 　　　　（《天神似的英雄》）

---

[201] 如果我们不把除全诗一共十四行以外，没有保留十四行体的任何其他特征的作品计算在内的话。这样的十四行诗为今天的许多诗人所好，个中缘由颇堪玩味，在此不赘。

[202] 废名.新诗应该是自由诗[A].见：废名,朱英诞.新诗讲稿[M].北京：北京大学出版社,2008：12.

> 那赤皮松,像钜万赭衣的战士,
> 森森的,悄悄的,等待冲锋的号示,
>
> （《西伯利亚》）

> 月亮在昏黄里上妆
> 太阳心慌的向天边跑;
> 他怕见她,他怕她见,——
> 怕她见笑一脸的红糟!
>
> （《车眺》之六）

"媚迹"似可理解为"妩媚的迹象/痕迹",为了与上一行的"隙"字押韵,并保持诗行的大体整齐,作者把本需要用五个字来表达的意思压缩在"媚迹"这样一个不文不白的词里。为了叶韵,徐志摩又在《西伯利亚》里生造了"号示"一词,其实这里无论用"号角"还是"号令",都比"号示"要自然得多。如果说前两个例子给人的生凑之感还不算太强烈,至多只能说是违背了语言的自然,那么第三个例子里的"红糟"就有些不知所云了,我们只能猜测它的意思是"红色的酒糟"（一种福建特产）,"一脸的红糟"指的是"满脸酒糟一样的红色"。虽然"红糟"这个意象略显粗鄙,和全诗的风格颇不统一,但只怕也再找不到更合理的解释了,难道应该把"红糟"理解为"糟糕的红色"或"乱糟糟的红色"吗？要表现太阳之红,原本可以有多种方式,除了和间隔一行的"跑"字押韵之外,我想不出作者把"红糟"这个古怪的字眼用在这里,还能有什么别的理由。何况红色的酒糟并不常见,除福建等地的读者外,一般读者恐怕都不知晓。为了叶韵,让音节淹没了意义,在"红糟"这个例子里,不光是"浮滑而不真切",简直是"滑稽而不可索解"了。

江弱水在《帝国的铿锵:从吉卜林到闻一多》中指出,闻一多深受吉卜林"雄壮铿锵的节奏"的影响,写诗时"对回环复沓的形式的喜爱有时候到了偏执的地步",一个主要的表现就是押韵过密,不懂得刚柔相济、疏密有致之道,还经常为凑韵而牺牲意义。[203] 徐志摩的诗"雄壮"或许谈不上,却也是颇为"铿锵"的,陈源觉得其诗音调多近羯鼓铙钹,很少提琴洞箫等抑扬缠绵的风趣[204],羯鼓铙钹还不铿锵吗?朱自清说在"传统的一般的意见"里,押韵以疏者为"哑"、密者为"响",又以"响"者为"谐",是因为"我们一向以高响的说话和歌唱为'好听'",但"现代的生活和外国的影响磨锐了我们的感觉;我们尤其知道诗重在意义,不只为了悦耳"。[205] 一般的意见以高响为好听,就像饶孟侃认为诗只有押了韵才会铿锵成调,然而"铿锵"中如果缺少刚柔、疏密的变化,未必就能"成

---

[203] 江弱水. 帝国的铿锵:从吉卜林到闻一多[A]. 见:江弱水. 中西同步与位移[M]. 合肥:安徽教育出版社,2003:31-51.
[204] 陈源. 新文学运动以来的十部著作(下)[A]. 见:陈源. 西滢闲话[M]. 北京:东方出版社,1995:310.
[205] 朱自清. 新诗杂话·诗韵[A]. 见:朱自清. 朱自清全集(第二卷)[M]. 南京:江苏教育出版社,1988:406.

调",更不是只有"铿锵"的音调才成"调"。对于磨锐了的感觉而言,羯鼓铙钹与提琴洞箫的不同风趣固然很容易分辨,就算一首诗的调子正位于"响"的反面——非但不"响",而且有点"哑",也仍可以是相当悦耳的(朱自清称之为"不谐之谐"),何况在悦耳之外,它还有着意义的魅力。

在新诗短暂的历史里,徐志摩是一个不可多得的诗人,以音节论,他的诗却没能跟紧自己的"大言",达到"匀整与流动"的境地。《诗镌》停办五年后,几乎同一批诗人(新加入的作者有卞之琳、林徽因等)办起了《诗刊》,继续他们的音节探索。但《诗刊》只出了四期,就因徐志摩飞机失事等原因而告终结,其后中国诗坛再没有出现像《诗镌》《诗刊》诗人群那样集体研讨、试验新诗格律的局面,借用王光明《现代汉诗的百年演变》中的表述,1930年代到1950年代,对形式秩序的追求似乎被边缘化了,"它的火把只在少数诗人的手中默默传递"[209]。主张格律化的诗人们为新诗立"法"的愿望一直都是真挚而热烈的,现代汉语的诗律学或(体系性的)做诗法却始终未能建立起来。直到今天,新诗也没有形成一种或几种固定的声音形式,也许郭沫若说得对,这不见得是新诗的损失。不过除了"自由"和"自然",以及"不定型正是诗歌的一种新型"之外,关于新诗的语言音乐性,人们是否还会发现更多的秘密呢?让我们拭目以待吧。

---

[209] 王光明.现代汉诗的百年演变[M].石家庄:河北人民出版社,2003:379.

第三章　从"歌"到"诵"到"读"

对于不少人来说,新诗不以歌唱为目的,是一件不言自明的事,朱自清就在《中国歌谣》一书中表示,"诗以声为用"的时代早已过去。[207] 当然,新诗作为语言的艺术,始终与音乐分享着声音的特性,它既是"目视"的,也可以是"耳听"的,只不过供耳听的主要形式不再是入乐演唱,也不是旧诗那样的吟唱,而是朗诵或者朗读。在新诗音乐性问题史的建设期,越来越多的人意识到了这一点。经过从"歌"到"诵"到"读"的递变,人们虽仍在追求新诗的可听性,对其乐曲音乐性的期待却已日渐稀薄。

第一节　《新诗歌集》与《新诗歌》

1920年,当早期新诗面临不能唱、缺乏乐曲音乐性的责难时,

---

[207]　朱自清.中国歌谣[M].上海:复旦大学出版社,2005:4.

康白情指出新诗同样是可以唱的,虽然它不以歌唱为目的。1924年,傅东华发表了《中国今后的韵文》,推想中国韵文的未来,提倡让新诗和新歌曲分别发展。[208]"向来诗选里只有歌谣一类,和我现在所谓歌不同",傅东华所谓新歌曲不同于民间歌谣,他希望将来除了写新诗的诗人以外,还能出现一批专门的歌曲家,与音乐家合作,创造中国的新歌曲。他理想中的新歌曲和新诗一样,仍是文人(如果用今天的说法,也许该叫文艺工作者)的作品。而新歌曲与新诗的区别在于,新歌曲必须合乐,因此一定要用韵文,新诗则不必合乐,也不一定得是韵文。傅东华的这些意见在当时可说是别开生面的,既然"诗以声为用"的时代早已过去,既然诗与歌分离已久,那么不但推行新文化运动的人们有理由期望新歌曲的独立发展和繁荣,新诗也理应把乐曲音乐性和"韵文"的包袱卸下来了。到了1928年,赵元任的《新诗歌集》出版,又为中国文艺界引入了一个新概念——艺术歌(art song,现在多译为艺术歌曲)。赵元任说这个集子走的是舒伯特、舒曼的艺术歌那一派的路数[209],西方艺术歌曲常以著名的诗歌作品为歌词,赵元任则从中国新诗里寻找灵感(也许是因为他对新诗怀有兴趣和好感,也许是因为当时的中国尚未出现傅东华所期待的那种歌曲家,无人可为赵元任提供专门的

---

[208] 傅东华.中国今后的韵文[A].见:郑振铎.中国新文学大系·文学论争集(影印本)[M].上海:上海文艺出版社,2003:313-317,下同.
[209] 赵元任.《新诗歌集》文字部分·谱头语[A].见:赵元任.赵元任音乐论文集[M].北京:中国文联出版公司,1994:104.

歌词),给胡适《瓶花》、刘半农《教我如何不想他》、徐志摩《海韵》等新诗谱了曲,编成《新诗歌集》,供一般好乐的人唱奏。《新诗歌集》出版之前,赵元任就曾多次将自己以新诗为歌词所写的歌曲演唱给别人听(有时还是在近千人的会场里唱),1927年,朱自清在听完赵元任的一次演唱后写下《唱新诗等等》一文,提到"将新诗谱为乐曲,并实地去唱,据我所知,直到目下,还只有赵元任先生一人"。[210] 赵元任作为一个卓有成就的语言学家和音乐家,一向与新文学界有着亲密的联系,他以自己的音乐实践发掘了新诗合乐歌唱的可能性,为康白情"新诗也可以唱的"的宣告作出了实地的证明,这在新诗诞生未久之时,尤有特别的意义。而《新诗歌集》中除歌谱之外,还有一篇《谱头语》,赵元任在这篇长文里详尽地表述了自己关于新诗与音乐、新诗与歌之间关系的精辟见解,对于新诗音乐性问题史的研究来说,《新诗歌集》的《谱头语》实是一篇重要的文献。

赵元任在《谱头语》中首先谈到了旧诗吟唱与歌曲演唱的区别,彼时国人常把吟旧诗等同于(或至少类比为)唱歌,赵元任从音乐角度对之进行专业的区分,澄清了其间的混淆和误解。他说西方艺术歌的歌词尽管也是诗,却"注重在每一个歌每一句的音乐都要特别'定做'"[211],和吟唱旧诗那千篇一律的"唱"法截然不

---

[210] 朱自清.唱新诗等等[A].见:朱自清.朱自清全集(第四卷)[M].南京:江苏教育出版社,1990:223.

[211] 赵元任.《新诗歌集》文字部分·谱头语[A].见:赵元任.赵元任音乐论文集[M].北京:中国文联出版公司,1994:109.

同。旧诗句式整齐,新诗却对内容和句式两者的个性都有所兼顾,新诗不能吟是很自然的,也不必引以为憾,因为我们完全可以将新诗像西方人唱艺术歌那样地唱起来。但未经入乐歌唱的新诗绝不是未成品,赵元任表示:

> 诗是诗,歌是歌,诗歌愈进步,它们就免不了愈有分化的趋势;太坏的诗,固然不能做顶好的歌,可是好歌未必是很好的诗,顶好的诗也未必容易唱成好歌。……读诗有读诗的味儿,唱歌有唱歌的味儿,而且不是能够同时并尝的,诗唱成歌就得牺牲掉它的一部分的本味,这是不得不承认的。所以唱歌的兴趣完全是另一种兴趣。这种兴趣加在歌词上头,于达意上总是有点损失,于表情上也有一种的损失,而同时于表情上可以另加上许多音乐性的帮助。……这才是歌唱的地位跟它的 raison d'être(法语,意为存在的理由,引者按)。[212]

"诗是诗,歌是歌,诗歌愈进步,它们就免不了愈有分化的趋势",此语呼应了郭沫若在《论诗三札》里说的"诗歌遂复分化而为两种形式:诗自诗,而歌自歌",这个意见出于一位音乐家而非诗人之口,对一般读者想必会有更大的说服力。赵元任又说读诗

---

[212] 赵元任.《新诗歌集》文字部分·谱头语[A].见:赵元任.赵元任音乐论文集[M].北京:中国文联出版公司,1994:110-112.

有读诗的味儿,唱歌有唱歌的味儿,不能够同时并尝,诗一旦唱成歌,演唱时须对歌词语言天然的节奏音调加以改变而配合乐曲的节奏与旋律,语言本身表情达意的效果难免有所损失,虽然其曲调的音乐性对情感的表现也会另有帮助,这番话令人联想到钱锺书《谈艺录》中的相似议论(我在本书导言里也曾引录):"文字弦歌,各擅其绝。艺之材职,既有偏至;心之思力,亦难广施。强欲并合,未能兼美,或且两伤,不克各尽其性,每至互掩所长。即使折衷共济,乃是别具新格,并非包综前美。"读诗的味儿和唱歌的味儿不能并尝,强欲并合,不但不能够兼美,有时还会弄得两败俱伤,如果作曲者的功力到家,幸能使新诗和乐曲"折衷共济",成为一首家喻户晓的好歌,这也只是别具新格,并非包综前美(再好的歌也无法取新诗而代之),新诗歌唱的地位跟它存在的理由只在于此。

所以白话诗不能吟并不必等人做了歌才能吟,是本来不预备吟的;既然是白话诗就是预备说的,而且不是像戏台上道白那末印板式的说法——有得那样还不如吟起来好听一点——乃是要照最自然最达意表情的语调的抑扬顿挫来说的,而且每一首诗有一首诗的最好的一种或是少数几种的读法。[213]

---

[213] 赵元任.《新诗歌集》文字部分·谱头语[A].见:赵元任.赵元任音乐论文集[M].北京:中国文联出版公司,1994:111.

新诗不以歌唱为目的,也无须把歌唱当成吟诵的样板,新诗是本来不预备吟的,"既然是白话诗就是预备说的",这在当时不啻为一个大胆的主张。赵元任的"说",其概念基本相当于朗读,他认为每一首诗都会有最好的一种或少数几种读法,所谓"最好的",其实也就是最适合的。如果每一首新诗都具有与自己的意义/情绪节奏相契合的语言音乐性,那么以朗读来表现这种语言音乐性时,自然需要并且能够找到最适合它的读法。因此"作诗的人除非他是预备专当歌诗用的,他可以不管好唱不好唱,只须问好读不好读"[214],好唱不好唱不是诗人应该考虑的事情,好读不好读则可以成为检验一首新诗语言音乐性的准绳。反过来说,作曲者往往要对歌词进行选择,他需要知道什么样的诗比较容易谱成一首好歌:

> 本篇所选的诗材,也不是专挑好诗来作谱,是选好谱的诗来作谱的。大概好歌词的条件是要字音响亮,句法比较的整齐一点,听了要容易懂,句尾要押韵,重复句子要多一点。前后呼应的口气或短句(像"努力!努力!","女郎,回家吧,女郎!")要多一点。假如合乎这些条件的,就是内容稍为空一点,只要是调儿做得好,就可以成一个好的歌;反之,假如

---

[214] 赵元任.《新诗歌集》文字部分·谱头语[A].见:赵元任.赵元任音乐论文集[M].北京:中国文联出版公司,1994:112,下同。

不合这些条件的仍旧可以成一个好诗,但是做起歌调来,虽然不是绝对的不可能,总比较的难服侍一点。

赵元任也认为好歌词的条件是句尾要押韵,和傅东华对新歌曲的要求相同,他的话因为有专业经验作依据,当然更加可信。不过他又说一首诗哪怕并非响亮整齐的韵文,仍不妨碍它成为一首好诗,做起歌调来尽管比较难服侍,却也不是绝对不可能。这就更得是专业人士,说这些话才会有充分的把握。

朱自清在《唱新诗等等》中回顾自己听赵元任唱《教我如何不想他》和《海韵》两诗的情形:"这两首诗,因了赵先生的一唱,在我们心里增加了某种价值,是无疑的。……我因此想到,我们得多有赵先生这样的人,得多有这样的乐谱与唱奏。……那时新诗便有了音乐的基础,它的价值也便可渐渐确定,成为文学的正体了。"[215]朱自清之所以会这么想,乃是受了俞平伯的影响,我在本书上编里提到过,俞平伯早年对新诗有没有乐曲音乐性根本不以为意,但过了若干年,见新诗的气象渐趋黯淡,俞平伯的观点发生了改变,他对朱自清说,从前诗词曲的递变,都是跟着通行的乐曲走的,新诗的冷落,没有乐曲的基础,怕是致命伤。[216]朱自清觉得他

---

[215] 朱自清.唱新诗等等[A].见:朱自清.朱自清全集(第四卷)[M].南京:江苏教育出版社,1990:223-224.
[216] 朱自清.唱新诗等等[A].见:朱自清.朱自清全集(第四卷)[M].南京:江苏教育出版社,1990:220.

说得有道理,听完赵元任唱新诗后,便自然产生了上述的想法。俞平伯和朱自清都曾是新诗运动最早的参与者,目睹新诗从热热闹闹的开场走入了相对冷清的局面,他们不由得感到不安,转而向"从来如此"的通例寻求起解决之道来,此正所谓当局者迷(好在朱自清后来又逐步走出了迷局)。相比之下,赵元任作为新诗的"局外人",反而表现出了旁观者的清明态度。赵元任唱新诗、出版《新诗歌集》,在客观上固然帮助了新诗的传播,在主观上,他却从没想过要以歌的乐曲音乐性救新诗于水火之中,从而把它扶为文学的正体。恰恰相反,他通过为新诗谱曲的实践,以及《新诗歌集》的《谱头语》,表达了自己对新诗与歌之间关系的看法,廓清了缠绕在乐曲音乐性问题周围的迷雾,为问题提供了卓有见地的解答。

如果要对"新诗歌集"四字的结构进行分析,显然应该划分为"新诗｜歌集",而非"新诗歌｜集",这是一本以新诗为歌词的艺术歌曲集,它的问世不是为了将分化已久的诗与歌重新合为一体。而1930年代中国诗歌会提倡"新诗歌",则流露出一种把新诗变回歌诗的意图。1933年2月11日,"左联"旗下的中国诗歌会创办《新诗歌》旬刊,在《发刊诗》中宣称"我们要唱新的诗歌":

> 我们要唱新的诗歌,
> 歌颂这新的世纪;
> 朋友们!伟大的新世纪,

现在已经开始。

我们不凭吊历史的残骸,
因为那已成为过去。
我们要捉住现实,
歌唱新世纪的意识。

……

压迫,剥削,帝国主义的屠杀,
反帝,抗日,那一切民众的高涨的情绪,
我们要歌唱这种矛盾和他的意义,
从这种矛盾中去创造伟大的世纪。

我们要用俗言俚语,
把这种矛盾写成民谣小调鼓词儿歌,
我们要使我们的诗歌成为大众歌调,
我们自己也成为大众中的一个。

我们唱新的诗歌罢。
唱颂这伟大的世纪,
朋友们!我们一齐舞蹈歌唱罢,

这伟大的世纪的开始。

《新诗歌》想把新诗与歌唱(乃至舞蹈)重新结合起来,要"捉住现实",歌唱新世纪的意识,歌唱反帝、抗日、一切民众的高涨的情绪,歌唱这一切与压迫、剥削、帝国主义的屠杀之间的矛盾,歌唱这种矛盾的意义。至于歌唱的具体方式,则是俗言俚语和民谣小调鼓词儿歌的利用,以使新的诗歌成为大众歌调。中国诗歌会由此明确提出了将新诗歌谣化、大众化的主张。中国诗歌会诗人想让自己也成为大众中的一个,他们对洋化的、风花雪月的艺术歌曲不屑一顾,而表现出另一种取向,即对民间歌谣(folk song)的推崇。他们希望民谣小调鼓词儿歌的乐曲音乐性和语言形式能对诗有所助益,从而化"新诗"为"新诗歌"。民间歌谣的乐曲音乐性将为新诗歌所用,成为对其语言音乐性的辅佐,共同帮助新诗歌的普及,让它更好地发挥宣传、歌颂的作用,民间歌谣的语言形式也将成为新诗歌的榜样,新诗歌须向民间歌谣那活泼流利的俗言俚语和整齐鲜明的句式韵脚学习,使自己也具备同样的语言音乐性,来适应大众传唱的要求。《新诗歌》创刊号上还登载了一篇署名"同人等"的《关于写作新诗歌的一点意见》,对《发刊诗》所宣示的理念作进一步的说明。文章首先列出新诗歌在内容方面必须包含的三个要件:"理解现制度下各阶级的人生,着重大众生活的描写;有刺激性的,能够推动大众的;有积极性的,表现斗争或组织群众的。"[217]接着罗列了"反帝国主义军阀压迫阶级的热情""天灾人祸(内战)苛捐杂税所加与大众的苦况""当时的革命斗争和政治事变""农人,工人的生活"等九种新诗歌应该抓住的题材。关于新诗歌的表现形式,中国诗歌会同人的意见如下:

(一)创造新格式——有什么就写什么,要怎么写就怎么写,却不要忘记应以能够适当地表现内容为主。要应用各种形式,要创造新形式。但要紧的是要使人听得懂,最好能够歌唱。

(二)采用大众化的形式——事实上旧形式的诗歌在支配着大众,为着教养、训导大众,我们有利用时调歌曲的必要,只要大众熟悉的调子,就可以利用来当作我们暂时的形式。所以,不妨是:"泗州调"、"五更叹"、"孟姜女寻夫"……

(三)采用歌谣的形式——歌谣在大众方面的势力,和时调歌曲一样厉害,所以我们也可以采用这些形式。

(四)要创造新的形式,如大众合唱诗等。

至若韵我们应当如歌谣时调所用的一样,采用通俗的自然韵,不应是韵本上的业已失了时效的东西。实在,大家早就认为诗不一定要有韵了,一首极有力量的有节奏的诗,它

---

[217] 同人等.关于写作新诗歌的一点意见[A].见:王训昭.一代诗风——中国诗歌会作品及评论选[M].上海:华东师范大学出版社,1996:506-508,下同。

的力量常能超于其他有韵脚的东西。不过,有韵脚的诗歌,终究便宜于传诵,常有种种便宜唱了。讲究严格的格律自然不必,虽然,对于节奏的铺排应有相当的注意。

赵元任指出好歌词一般是响亮整齐、明白易懂的韵文,中国诗歌会诗人从时调和歌谣里总结出的语言特点也大致如是。只不过赵元任并没要求新诗向歌词的标准看齐,他清楚新诗在语言音乐性方面的可能性远不止于此。中国诗歌会诗人却出于教养、训导、推动、组织大众的目的,主张除了应用大众熟悉的现成歌调以外,在创造其他形式的作品时,对押韵和节奏的铺排同样给予相当的注意,最好让新诗歌都能得到广泛的传唱。新诗诞生未久,大众依然为旧的欣赏习惯所支配,中国诗歌会诗人的想法是因势利导,虽然早知诗不一定要押韵,为了迎合大众的习惯,也须尽量押韵;至于诗究竟应该有怎样的节奏,《关于写作新诗歌的一点意见》中并未明言,中国诗歌会诗人不是格律化的信徒,写作时讲究严格的格律自然不必,但在铺排节奏时力求整齐,以利于歌唱和传诵,亦是新诗歌的题中应有之义。

中国诗歌会成立于"九·一八"事变的次年、"一·二八"淞沪抗战的当年(1932年)。随着日本侵华野心的日益昭然,1935年,左翼文学阵营开始把"国防诗歌"作为"国防文学"的一个分支加以提倡,中国诗歌会诗人是"国防诗歌"最为积极的创作者。与"新诗歌"时期的作品相比,"国防诗歌"对抗日救亡主题的表现更为集中和突出,在声音形式上,所走的则仍是歌谣化的路子。在抗战全面爆发之前的中国诗坛,具有大众化倾向的诗歌往往同时有着歌谣化的倾向,全国抗战开始后,歌谣化的努力也在许多抗战诗作中得到了延续。从"新诗歌"到"国防诗歌",中国诗歌会诗人写出的大量作品,有的是对歌谣时调的套用和仿作(如林木瓜的《新莲花》、奇玉的《新谱小放牛》、叶流的《国难五更调》等),有的则是与作曲者联手打造的"歌诗"(如蒲风的《码头工人歌》、温流的《打砖歌》,均由聂耳谱曲)。这些作品在艺术上大多尚欠成熟,在民众中的知名度和影响力也远不如诗人们的预期。1933年到1937年,施蛰存、金克木、戴望舒等人先后撰文对新诗歌谣化进行批评,或认为所谓大众歌调、国防诗歌只是些高不成低不就的玩意儿,实际上仍旧是书斋小众的消遣品(其作者虽想成为大众的一员,毕竟还带着明显的文人气),或用调侃的语气建议那些利用民间小曲作新诗的人爽性专走歌的道路,别老揪住诗不放。当然,这些言论也激起了左翼文学阵营的强烈反感和回击。梁宗岱在1938年发表的《论诗之应用》里说:"抗战未发动前,我们底诗坛曾经有过一次剧烈的论战:所谓'纯诗'与'国防诗歌'。"[213]指的就是上述有关大众歌调、国防诗歌的论争。在新诗音乐性问题史的建设期,新诗的纯诗化可以说是一种与大众化

---

[213] 梁宗岱.论诗之应用[A].见:梁宗岱.诗与真续编[M].北京:中央编译出版社,2006:62.

对立的倾向,对此我将在下一章中详述。我想在这里特别提及的是这样一件事:对新诗的纯诗化颇示赞许的李健吾,分析纯诗诗人的作品离大众渐远的原因时,曾如此表示:"一个最大的原因,怕是诗的不能歌唱。然而取消歌唱,正是他们一个共同的努力。因为,他们寻找的是纯诗(pure poetry),歌唱的是灵魂,不是人口。"[219]李健吾一语中的,取消歌唱,正是具有纯诗化倾向的新诗人所共有的意识。梁宗岱说在纯诗与国防诗歌的论战中,"这两派所用的术语,他们辩论底中心,虽然似乎是一个:诗或诗歌;他们实际却操着两种不同的话"。[220] 诗与诗歌,所用术语的一字之差,暗示了两种截然相反的诗学观念——我们几乎看不到纯诗一派的诗人使用"诗歌"这个词,纯诗既然是"纯"的诗、"'只是诗'的诗"(李健吾语),它的眼里就揉不得沙子,容不得歌来挤上一脚,哪怕这意味着与大众之间的距离;而在大众化的阵营里,人们把"诗歌"一词常挂嘴边,多少是为了强调诗与歌的一体性、恢复诗的歌唱和宣传功能。对于纯诗诗人而言,"歌唱"只是个隐喻,并且他们歌唱的是灵魂,不是人口(大众)。"为灵魂而歌"也许是纯诗诗人共同的追求,不,这还不够纯,直接说他们"为诗而诗"就是了。

---

[219] 李健吾.《鱼目集》——卞之琳先生作[A].见:李健吾.咀华集·咀华二集[M].上海:复旦大学出版社,2005:61.

[220] 同[219].

第二节　诗朗诵与读诗会

在"新诗歌"时期,中国诗歌会诗人就已意识到了朗读的重要性,他们觉得对一首新诗歌来说,光考虑好唱不好唱还不够,还得问问它好读不好读。《关于写作新诗歌的一点意见》的结尾便着重谈了这个问题:

> 最后,写完一篇诗歌以后,最好能够注意到:找个机会朗读出来,看别人能否听懂。基于此点,将来可以扩大成为新诗歌的朗读运动(事实上,等到它真的成为一个运动时,运动的发起者们已用"朗诵"一词替代了"朗读",引者按)。有价值的诗歌,应该拿到大众里头朗读起来。朗读一方面可以助长新诗歌的发展,一方面也可以加速完成新诗歌的任务。[21]

然而诗的朗读/朗诵直到抗战全面爆发才真正扩大为一个运动。早在1931年11月"左联"执行委员会所作的决议中,"大众朗诵诗"就被作为一个值得采用的体裁提了出来,而诗朗诵活动

---

[21] 同人等.关于写作新诗歌的一点意见[A].见:王训昭.一代诗风——中国诗歌会作品及评论选[M].上海:华东师范大学出版社,1996:508.

被较大规模地付诸实施并产生一定影响,则始于 1937 年 10 月在武汉举行的鲁迅逝世周年纪念大会,会上朗诵了高兰的《我们的祭礼》和柯仲平的挽诗,穆木天——中国诗歌会的主要诗人之一——回忆当时的情景,认为在抗战的情势之下,诗歌朗诵运动与大众歌谣运动具有同样的重要性。[22] 其实大众歌谣运动在抗战期间虽未彻底中断,其声势比起战前已经大有不如,与此同时,各种各样的诗歌朗诵会却在国统区与解放区遍地开花,如火如荼地频繁举办。诗的朗诵不需要依托歌谣的曲调,不需要作曲者的参与,毕竟比诗的歌唱更容易实现,尽管两者在群众中得到的反响都不像运动的发起者最初估计的那样乐观。[23] 随着诗朗诵运动的展开,大众化阵营原先对乐曲音乐性的推重,逐步被对诗的"可朗诵性"的要求所取代。彼时抗战诗歌是诗坛的绝对主流,连许多战前属于纯诗阵营的诗人也把自己的笔杆变作了抗敌的枪杆,而在抗战诗歌的作者中颇为时髦的一件事,就是给作品加上"朗诵诗"三字作为副题,诗人高兰更有专门的"朗诵诗集"行世。朗诵

---

[22] 穆木天. 诗歌朗读和高兰先生的两首尝试[A]. 见:高兰. 诗的朗诵与朗诵的诗[M]. 济南:山东大学出版社,1987:34.

[23] 1938 年第 3 期的《战地》上有一篇《关于诗歌民歌演唱晚会》,记录了延安"战歌社"所办的一次不太成功的诗歌朗诵暨演唱晚会,发出三百张入场券,开场时位子只坐满了三分之二,后来听众又陆陆续续离去,到末了仅剩不足一百人,但"毛主席一直坐到散会"。参见沙可夫,柯仲平,骆方. 关于诗歌民歌演唱晚会[A]. 见:高兰. 诗的朗诵与朗诵的诗[M]. 济南:山东大学出版社,1987:65-69.

诗这一名目的流行照例引发了一些讨论，不少原属纯诗阵营的诗人虽然热情地投入了抗日文化工作，对于朗诵诗是否在新诗中具备独立的乃至独占的地位，却与大众化阵营中的诗人持有不同的意见。1938年9月，梁宗岱写了一篇《我也谈谈朗诵诗》，初刊于香港《星岛日报·星座》，后改题《谈"朗诵诗"》，刊登在重庆《时事新报·学灯》上。在他看来，"朗诵诗"这个名词，就像早些年的"大众语"和"国防诗歌"一样，都是堂吉诃德的风车，诗人们对着它大显身手，结果只能落个一场空，既然目下大家提倡诗朗诵，主张凡诗皆可以朗诵，那又何必另立一个朗诵诗的名目？[24] 高兰是抗战时期朗诵诗的代表作者，又经常出现在各种诗歌朗诵会上，对诗朗诵颇有一番心得，关于为什么要有朗诵诗这个名称，他在《诗的朗诵与朗诵的诗》里作出了这样的解释：

> 因为诗从脱离了口语而逐渐走入文字以后，便有了可以朗诵的，与不可以朗诵的之分。但这不过是诗人们造成的，却与诗的本质无关。所有的诗还都是应该朗诵的，并且只要是一首好诗，没有不可以朗诵的。换言之，不能够朗诵的，很可能不是好诗。所以在外国，在中国的古代，朗诵诗，这个名称是很少见的。我们所以提出这个名词，决不是"巧立名目"

---

[24] 梁宗岱.谈"朗诵诗"[A].见：梁宗岱.诗与真续编[M].北京：中央编译出版社，2006：77-78.

或"标新立异",乃是有意地针对着我国近十几年的诗歌而发的。[225]

高兰接着说新诗的什么浪漫派、象征派、未来派,还有什么散文体、豆腐干体,虽花样翻新各有千秋,但令人莫名其妙则全体一致——"试想令人看不懂的诗还算作诗么?"而且这些诗多是不能朗诵的,这与时代的要求不符:

> 现时代的诗在内容方面应当是战斗的,现实主义的,前进的,有教育意义的。在形式方面应当是通俗的,音乐的,戏剧的,宣传的,口语的,而贯穿以生命的热情与全民族同一呼吸的新的诗歌。
> "朗诵的诗"之被提出,便是基于这种时代的要求,是历史演进自然的趋势。其所以特别标出的缘故,自然是为的造成一种运动所不得不采取的方式,并非一律否认了其余的也能够担负起这个时代的任务的诗,同时也并没有固定的划分什么是"朗诵诗",什么是"非朗诵诗"。

高兰虽然表示自己没有对朗诵诗和非朗诵诗进行固定划分

---

[225] 高兰.诗的朗诵与朗诵的诗[A].见:高兰.诗的朗诵与朗诵的诗[M].济南:山东大学出版社,1987:20-21,下同。

的打算,但他说"浪漫派、象征派、未来派、散文体、豆腐干体"的诗作大都不适宜于朗诵,差不多就把战前除大众诗歌之外的新诗,一律从可以朗诵的好诗之列中扫除了出去。高兰认为不能够朗诵的诗很可能不是好诗,陈纪滢更在为《高兰朗诵诗集》所写的序言里面下了断语:"凡写在纸上而不能朗诵的诗绝不能称为诗,否则,至少算失了它的效用;凡写在纸上的诗就应该可以朗诵,否则,至少文字和意义上有缺陷。"[29]且不论在高兰、陈纪滢看来不能朗诵的诗是否真的不能朗诵,陈纪滢说不能朗诵的诗绝不能称为诗,这已将"可朗诵性"上升到了诗的文类特性的高度。在同一篇序言里,陈纪滢还强调抗战期间的宣传工作要兼顾作品的煽动性和可理解性,由此我们可以看出,陈纪滢作上述断语一是着眼于诗的宣传效用,和战前大众化诗学注重诗歌乐曲音乐性的原因相似,二则着眼于诗的语言,觉得一首诗如不能朗诵,就说明它的语言有缺陷——没能做到明白易懂和朗朗上口,无法有效地传达诗歌应有的教育意义。陈纪滢的朗诵诗语言观,与战前大众化诗学的诗歌语言观念可谓遥相呼应。在新诗音乐性问题史上,围绕着新诗与其他文类之间界限何在的问题,有过种种不同的意见和相当广泛的争议,这些争执往往和人们对新诗语言音乐性的不同认识有关。而倡导朗诵诗的诗人们对"可朗诵性"的要求,其实也还

---

[29] 陈纪滢.序《高兰朗诵诗集》[A].见:高兰.诗的朗诵与朗诵的诗[M].济南:山东大学出版社,1987:30.

得着落在诗的语言音乐性上。

高兰指出诗的音乐性只有靠朗诵才可以适度地发挥出来,"因为所谓音乐性也者,是不允许夸张成为歌唱,也不允许以目代耳完全忽视了他的,是需要运用介于唱和念之间的朗诵,把它恰到好处的表现出来的"。[227] 相应的,朗诵诗一定要有音乐性:

> 诗的有音韵,虽然不能说是他唯一的条件,唯一的特点,然而诗因了音韵而显示了其特殊的感染力和可朗诵性,也是不可否认的事实。
>
> 所以朗诵的诗,一定要有韵律。
>
> 不过一般的人们,很多误以为韵律便是押韵,这是个大的错误。……实际说来,诗的韵律决不在脚韵上。不是诗,有脚韵也不是诗,是诗,没有脚韵也是诗。
>
> ……
>
> 所谓韵律,通俗点来说,就是字音的轻重徐疾的节拍。自然也有所谓内在的韵律,那是指感情的起伏而言,由于感情的起伏,也就是使文字语言有起伏波动的。[228]

---

[227] 高兰.诗的朗诵与朗诵的诗[A].见:高兰.诗的朗诵与朗诵的诗[M].济南:山东大学出版社,1987:10.

[228] 高兰.诗的朗诵与朗诵的诗[A].见:高兰.诗的朗诵与朗诵的诗[M].济南:山东大学出版社,1987:23-24,下同。

高兰所理解的诗的音乐性,"不允许夸张成为歌唱",因此并没有把乐曲音乐性包括在内。他将音乐性看作诗之为诗的条件和特点之一(虽然不是唯一的条件和特点),诗有音乐性才有"可朗诵性"。具体说来,高兰眼中的音乐性(韵律)包含了语言音乐性和广义音乐性两个方面,而以语言音乐性为主。他对诗的内在韵律的看法和郭沫若一致,对朗诵诗语言音乐性的要求也仅限于有轻重疾徐和起伏波动的节拍,未把押韵与否作为一个必备的指标,似乎他是倾向于相对自由的语音形式的。可是慢来,他接着就援引了鲁迅的话,把鲁迅对新诗的建议移用于朗诵诗,表示"新诗先要有节调,押大致相近的韵,给大家容易记,又顺口,唱得出来"是极其正确的见解。我在导言中曾经提到过鲁迅1934年给中国诗歌会诗人窦隐夫的信,鲁迅写这封信显然与左翼文学阵营当时对新诗歌谣化的倡导有关,而信中的微言大义也绝不像后人理解的那样简单。鲁迅在信里建议新诗"押大致相近的韵",主要是出于传播的需求,而非对无韵诗的否定,何况鲁迅还在同一封信里说过"但白话要押韵而又自然,是颇不容易的,我自己实在不会做,只好发议论"。在鲁迅身后,对他的鹦鹉学舌呈有增无减之势,高兰同样不能免俗。高兰一方面认为诗的韵律决不在脚韵上,另一方面又不得不主动表态——对"歌诗"和朗诵诗来说,像鲁迅建议的那样押大致相近的韵是极其必要的。他无法就押韵问题得出一个明确的结论,引述完鲁迅的见解后,对于如何使诗的语言更美丽、音韵更和谐,虽然继续拉拉杂杂地说了一通,却总显得含糊其词,甚至有些避重就轻。

关于诗究竟应该怎样朗诵,高兰也谈了不少意见:诗朗诵按照场所的不同,可以分为舞台朗诵、客厅朗诵、街头朗诵、广场朗诵等,舞台朗诵是诗朗诵运动中的主角,堪称"朗诵艺术的高峰",需要布景灯光和音乐、合适的表情和动作、服装姿态和道具等因素的配合,才能取得最佳效果。㉙ 客厅朗诵则是诗朗诵的基本形式,多搞一些客厅朗诵,可以提供练习的机会、让人们掌握诗朗诵的基本知识。但高兰为了把抗战诗歌的客厅朗诵与盛行于西方国家的客厅朗诵区别开来,特地声明道:客厅朗诵的地点决不是专指"沙龙"而言,"举凡我们私人的住宅内,或者教室内,厂房内,宿舍内,地下室内都是适用的"。如此郑重声明,足见其对"沙龙"的联想颇为忌讳。曾被李健吾视作纯诗诗人的李广田,在《诗与朗诵诗》里描述了战前中国诗人间有过的一种"沙龙"朗诵,需要说明的是,写这篇文章时他的诗歌观念已具有明显的大众化倾向:

> 在抗战以前,在某些文人的集会中也曾有过诗朗诵一类的节目,一如西洋人的沙龙之中朗诵一样。然而,那只是少数人的事,而且只限于少数文人雅士的小圈子里。那种朗诵

㉙ 高兰.诗的朗诵与朗诵的诗[A].见:高兰.诗的朗诵与朗诵的诗[M].济南:山东大学出版社,1987:11-18,下同。

纯粹是欣赏的性质,因之无论什么诗都可以朗诵。据我个人参加那种朗诵集会的经验,总觉得扭扭捏捏,有一种极不自然的感觉。今天的朗诵诗并不是那时候的诗朗诵的继续,二者之中纵有某些近似之点,其性质,其目的,却是完全不同的。[230]

"那时候的诗朗诵"在那个时候一般称为读诗会,有趣的是,沈从文《谈朗诵诗(一点历史的回溯)》对那些客厅/沙龙朗诵或者叫读诗会的回忆,和李广田的描述可谓大相径庭,除了一点:无论什么诗都可以拿来读,不一定非得是朗诵诗不可(那时候也没有朗诵诗这种叫法)。高兰觉得"豆腐干体"之类的诗不适宜于朗诵,大众化阵营中的诗人,无论在实际写作中是偏向自由体,还是力求语言形式的相对整齐,对于《诗镌》诗人群的新诗格律理论和格律体诗作,多半颇不以为然。沈从文却说:"比较便于诵读的,不是带标题的'朗诵诗',反而是时间较前,在形式上并不十分自由,一些目前人认为已成过去的新诗。这些作品恰为最新诗人所嘲笑,笑它们是'带了些脚镣手铐'的,如徐志摩、闻一多、朱湘、陈梦家几人作品。"[231]至于"最新诗人"所写的带标题的朗诵诗,沈从

---

[230] 李广田.诗与朗诵诗[A].见:李广田.李广田文集(第三卷)[M].济南:山东文艺出版社,1984:457.

[231] 沈从文.谈朗诵诗(一点历史的回溯)[A].见:高兰.诗的朗诵与朗诵的诗[M].济南:山东大学出版社,1987:39.

文对它们的总体评价是:"如今的朗诵诗,使用的都是些报章记事常用的句子,仅仅分行写出……随随便便那么写成,便拿去什么大会场上朗诵。"[222]沈从文说闻一多等人的作品便于诵读,他的依据在于,许多年前(那时诗朗诵运动远未兴起),《诗镌》同人就经常举行一种"诵读试验的集会",实地证明了格律体新诗的"可朗诵性":"在客厅里读诗供多数人听,这种试验在新月社(指1924年前后,因《新月集》作者泰戈尔访华的机缘,在北京文人中形成的小圈子,而非1928年以《新月》月刊为中心形成的文学团体,虽然两者的部分成员是相同的,引者按)已有过,成绩如何我不知道。较后的试验是在闻一多先生家举行的。"沈从文与《诗镌》诗人群颇有交游,于是在自己的文章里作了一番"历史的回溯"。

1926年,《诗镌》同人时常聚集在闻一多家那间著名的用黑纸糊墙的客厅里,"高高兴兴的读诗,或读他人的,或读自己的,不但很高兴,而且很认真"。[223]李广田说文人雅士们的沙龙读诗会纯粹是欣赏的性质,沈从文却指出,这种集会的试验成分更多于欣赏的成分,唯其是一种试验,参与者才会既高兴又认真。诵读试验的目的是考察格律体新诗的语言、成就格律体新诗的写作(尽管读诗会并未对诵读诗作的类型作出限定,无论什么诗都可以拿

---

[222] 沈从文.谈朗诵诗(一点历史的回溯)[A].见:高兰.诗的朗诵与朗诵的诗[M].济南:山东大学出版社,1987:42-43,下同。

[223] 沈从文.谈朗诵诗(一点历史的回溯)[A].见:高兰.诗的朗诵与朗诵的诗[M].济南:山东大学出版社,1987:44.

来读,但《诗镌》同人有志于"创格",聚会时所读的自然多是格律体新诗)。如前所述,好读不好读可以成为检验一首新诗语言乐性的准绳,这一点"五四"时期的新诗人已然心中有数,康白情就在《新诗底我见》里主张诗人写作时要反复读自己的作品,"新诗音节底整理,总以读来爽口,听来爽耳为标准"。[234] 可这还只是读给自己听,《诗镌》同人的读诗会则有相互切磋砥砺的作用。沈从文认为闻一多等人的作品经受了多次诵读的检验,反复琢磨修改,写成后足可站得住脚,而时下流行的朗诵诗写的时候随随便便,写完拿去大会上朗诵,效果恐怕好不到哪里去。

《诗镌》停刊十余年后,"北平地方又有了一群新诗人和几个好事者,产生了一个读诗会",《谈朗诵诗(一点历史的回溯)》回顾了这个在朱光潜家里定期举办的读诗会的情形,说这集会"差不多集所有北方新诗作者和关心者于一处"。[235] 两个相隔十余年的读诗会,均以试验新诗音节和诵读的可能性为宗旨,参与者也大多具有一定的纯诗化倾向。自有新诗以来,诗人们与关心新诗的"好事者"们,为探讨诗艺或欣赏诗作而进行的各种新诗朗读(其中有些也许只是二三知己间的小范围活动),当然不止《谈朗诵诗(一点历史的回溯)》所记述的这两个,人们通过这些或大

---

[234] 康白情.新诗底我见[A].见:胡适.中国新文学大系·建设理论集(影印本)[M].上海:上海文艺出版社,2003:328.

[235] 沈从文.谈朗诵诗(一点历史的回溯)[A].见:高兰.诗的朗诵与朗诵的诗[M].济南:山东大学出版社,1987:45-46.

或小的读诗会所形成的认识,也未必都跟《谈朗诵诗(一点历史的回溯)》的总结一致(沈从文的总结是"自由诗不能在诵读上产生它希望达到的效果","想要从听觉上成功,那就得牺牲一点'自由'。"㉚)。不过若依李广田之见,这些读诗会大概都得归入"扭扭捏捏,有一种极不自然的感觉"之列,它们和抗战时期的诗朗诵运动之间,纵有某些近似之点,其性质与目的却都是完全不同的,因为朗诵诗"既不是关在书斋里的自赏,也不是沙龙中少数人的共赏"㉗——沈从文眼中的"在客厅里读诗供多数人听",在李广田看来也只是"沙龙中少数人的共赏"而已。

梁宗岱说纯诗与国防诗歌两派的根本分歧在于:"一个把诗看作目标,一个只看作手段;一个尊她为女神,一个却觉得她只配作使婢。"㉘这句话同样适用于战前的读诗会和战时的诗朗诵,两者的性质与目的确实有根本的不同。沈从文表示,战前的各种诵读试验,不拘成功与失败,对于将来的新诗怎样写、写什么都大有帮助。㉙——怎样做出或写出新诗,这是要靠(做)诗法来解决的问题,沈从文心目中的具体解决方案,也许是遵循诗律。对战前的各种读诗会而言,寻求诗法或者寻求诗本身,就是它们的目标,

---

㉚ 沈从文.谈朗诵诗(一点历史的回溯)[A].见:高兰.诗的朗诵与朗诵的诗[M].济南:山东大学出版社,1987:47.

㉗ 同㉚.

㉘ 同㉓.

㉙ 沈从文.谈朗诵诗(一点历史的回溯)[A].见:高兰.诗的朗诵与朗诵的诗[M].济南:山东大学出版社,1987:49.

战时诗朗诵运动的目标则在于对群众的宣传、教育和煽动，诗只是实现目标的手段。

　　大众化阵营在战前就有发动朗读运动的打算，抗战期间之所以放弃原定的"朗读"一词而改称"朗诵"，或许正是为了与战前已有的各种读诗会相区别。朱自清《朗读与诗》指出，在我国古代，"诵"是有腔调的，这腔调是"乐语"的腔调，该是从歌脱化而出[240]；朱光潜也说齐梁时代的"诵"使诗语言的节奏音调中仍含有若干形式化的音乐的节奏音调[241]，"吟诵"二字经常连用，就是为此。赵元任说新诗不以歌唱为目的，也不预备吟诵，新诗是要说的，要照最自然最达意表情的语调的抑扬顿挫来说，高兰则强调诗朗诵介于唱和念之间，强调朗诵与一般的朗读（念、说）之间的区别。战时的诗歌朗诵节目，每每在自然语调上添加许多"艺术的"夸张，高兰谈论朗诵的艺术时，对灯光音乐、表情动作、服装道具等语音以外的形式化因素也格外重视。沈从文对诵和读的区分倒不太在意，认为"'诵'字的意义或许今古不一，各有用处"[242]，今人说的"朗诵"不一定和古代的"诵"有多大关系。他只意识到战时的朗诵诗和战前《诗镌》诗人在读诗会上所读的诗，有是否遵循诗律的差别，却没有察觉诗朗诵运动中的朗诵和一般所谓朗读

---

[240] 朱自清. 新诗杂话·朗读与诗[A]. 见：朱自清. 朱自清全集（第二卷）[M]. 南京：江苏教育出版社，1988：388-389.
[241] 朱光潜. 诗论[M]. 上海：上海古籍出版社，2005：172.
[242] 同[239].

有何不同,他是时常"诵读"连用的。朱自清保留了战前的习惯,谈起诗朗诵运动时也多用"读"字——战前的读诗会是为己的朗读,诗朗诵是为人的朗读。[243] 他主张新诗的生命在朗读,它得生活在朗读里,诵是"乐语"的腔调,朗读则本于口语、重在自然,而朗读要见出每一词语每一句子的分量,又须与日常生活里说话的腔调有细微的区别。他在《朗读与诗》里还作出了一个基本的但十分重要的区分:读分为朗读和默读,所谓"看书",其实就是默读。另外,"文化的进展使我们朗读不全靠耳朵,也兼靠眼睛,这增加了我们的能力",新诗中有些复杂精细的表现,原不是一听就能懂的(别说劳苦大众听不懂,就连受过现代中等教育的听众也未必能懂),这样的诗亦自有它存在的理由:

> 这种特别的诗,也还需要朗读,但只是读给自己听,读给几个看着原诗的朋友听;这种朗读是为了研究节奏与表现,自然也为了欣赏,受用。谁都可以去朗读并欣赏这种诗,只是这种诗不宜于大庭广众。……不过为己的朗读和为人的朗读却该同时并进,诗才能有独立的圆满的进展。

朱自清提醒了我们,新诗是"耳听"的,同时也是"目视"的。

---

[243] 朱自清.新诗杂话·朗读与诗[A].见:朱自清.朱自清全集(第二卷)[M].南京:江苏教育出版社,1988:388-395,下同。

新诗不必歌唱,不要吟诵,它的生命在朗读,为了新诗的利益(不管这诗是纯诗还是以宣传为目标的诗、是女神还是使婢,使婢也有使婢的利益),为己的朗读(包括兼靠眼睛的朗读)和为人的朗读应该并进。现在不妨回到本节开头提到过的那个问题:朗诵诗是否在新诗中具备独立的乃至独占的地位?朱自清的回答是,朗诵诗可以有独立的地位,但绝不该有独占的地位。[214]——唯其如此,新诗本身才能有独立的、圆满的进展。

---

[214] 朱自清.论朗诵诗[A].见:朱自清.朱自清全集(第三卷)[M].南京:江苏教育出版社,1988:262.

第四章 纯诗化·散文化

第一节 三个疑问

朱自清在1941年所写的《抗战与诗》一文中如此描述战前与战时新诗发展的轨迹：抗战以前新诗的发展可以说是从散文化逐渐走向纯诗化，抗战爆发后，新诗又走到了散文化的路上。初期新诗较重写景和说理，形式又自由，诗里散文的成分实在很多，直到以《诗镌》诗人群为代表的格律诗派，才格外注重抒情，从格律诗派开始，新诗以抒情为主，到了象征诗派[245]以后，"诗只是抒情，纯粹的抒情，可以说钻进了它的老家"；格律诗派又努力创造"新格式与新音节"，新诗格律运动当时好像失败了，但它的势力潜存

---

[245] 和本书上编中提到过的"自由诗派"一样，"格律诗派"和"象征诗派"的名目，都是朱自清在《中国新文学大系·诗集》的《导言》中提出的。

着,延续着,对其他诗人(比如象征诗派)也多有影响。抗战诗歌力求明白晓畅,这是为了诉诸大众,为了诗的普及,抗战时期,诗人从象牙塔里走上了十字街头,"他们新的努力是在组织和词句方面容纳了许多散文成分",这时代诗里的散文成分是有意为之,所含散文成分的规模与初期新诗相比,似乎还要大些,艾青和臧克家的长诗堪称其中代表。抗战时期诗歌常利用民间歌谣小调的形式,又有对朗诵诗的大力提倡,自然得注重明白和流畅,散文化是必然的。"不过话说回来,民间形式暗示格律的需要,朗诵诗虽在散文化,但为了便于朗诵,也多少需要格律。所以散文化民间化同时还促进了格律的发展。这正是所谓矛盾的发展。"[246]

散文化—纯诗化—散文化,这似乎是一个扼要而明晰的总结,经常被中国新诗的研究者援引。我之所以不厌其详地复述朱自清的这些意见,是因为我发现,如果以这样的视角来观照新诗音乐性问题史草创期和建设期的面貌,将会有不少疑问由此产生。首先,什么是新诗的纯诗化?"纯粹的抒情"、钻进抒情的老家就是纯诗化吗?将纯诗这个概念运用于中国新诗研究是要冒表述混乱的风险的。爱伦·坡于1850年发表《诗的原理》一文,文中"为诗而诗"的主张,可谓纯诗诗学的先声,后来法国后期象征主义诗人保罗·瓦莱里又对纯诗的概念进行了详尽的阐释,历

---

[246] 朱自清.新诗杂话·抗战与诗[A].见:朱自清.朱自清全集(第二卷)[M].南京:江苏教育出版社,1988:345-347.

经多年理论和实践的演绎,纯诗诗学在西方各国形成了不同的体系,纯诗理论于1920年代输入中国后,也有相当本土化的发展,已在一定程度上偏离了它的源头,朱自清对纯诗的理解就不能说是十分"正宗"的。本书无意在纯诗理论源流的梳理和中西纯诗诗学的比较上耗费篇幅,我想说的是,"纯诗"和"音乐性"一样,未必是一个具有清晰内涵与外延的术语,但在中国新诗的历史上,诗人和关心新诗的人们业已不约而同地选择了它们,来描述一系列值得关注的现象和问题,研究者沿用这些名词的理由正在于此。如刘继业《新诗的大众化和纯诗化》所言,在中国新诗研究中,"我们可以使用一种宽泛意义上的纯诗和纯诗化概念,用来概括与实用性、功利性诗学立场相对立的主要诗学倾向"。[247] 实用性、功利性诗学总是倾向于用诗来实现某种诗以外的目的,我们可以把这种倾向概括为"为××而诗"(在1949年以前的中国新诗里,主要表现为"为大众而诗"和"为抗战而诗"),而在一种宽泛的意义上,许多诗人都具有纯诗化的倾向,他们彼此间或许颇多分歧,唯独对一件事情定能取得一致,那就是"为诗而诗"(这一点在中国新诗里也是确定无疑的)。

我的第二个疑问是:朱自清说抗战爆发后新诗从纯诗的象牙塔里走出来,走到了散文化的路上,这里的"散文化"是否可以替换为"大众化"?我想是可以的。早期新诗人为自由诗/散文诗辩

---

[247] 刘继业.新诗的大众化和纯诗化[M].北京:北京大学出版社,2008:35.

护,显然不是因为他们不注重抒情而更偏爱写景和说理,他们是在与人们头脑中的韵文意识对抗,与旧诗的格律规范对抗,用"散文化"来概括早期的新诗也许没有错,只不过这"散文"是相对于"韵文"而言的散文,不是与"诗"对立的"散文"。对此,本书上编已有详细论述。从朱自清的描述来看,他所谓抗战时期新诗的"散文化",主要是指它的"明白晓畅","在组织和词句方面容纳了许多散文成分",并且是大规模的、有意为之的。明白晓畅可说是口语化,在组织和词句方面有意容纳许多散文成分,则不仅是语音形式较为自由的问题了,可以说这是一种非诗化[248]的倾向。"散文化"(口语化、非诗化,以及采用相对自由的语音形式)只是表象,真正目的在于将抗战诗歌的精神诉诸大众,在于诗的进一步普及。——初期新诗用平民口语(白话)取代文言,固然有助于诗的普及,但在 1930—1940 年代具有大众化倾向的诗人看来,这样的普及还远远不够;初期新诗里间或也有一些组织散漫、语言

---

[248] 所谓在组织和词句方面容纳散文成分,什么是散文成分,恐怕就像什么是诗一样,也是一个众说纷纭的问题,毕竟关于诗与散文之间的界限,充分的共识尚未形成,但诗人在这么做的时候,自己心里多少总是有一点谱的。口语化致力于缩短诗歌语言和日常语言之间的距离,极端的口语化则要把诗歌语言和日常语言之间的缝隙彻底弥合,假如真的这样做了,那么诗就不再是诗,只怕连散文都算不上了。另外,把一般情况下主要由其他文类来完成的工作(如叙事、说理,诗并非不能叙事说理,但这些成分在诗中所占的比重通常都不大,诗若要叙事说理,方式也和其他文类有所不同)以诗的名义来完成,也可以说是在诗的组织里容纳了散文/其他文类的成分。如果这一切都是有意为之,诗的组织和语言中散文成分的规模又超出了一定的限度,就可以说是一种非诗化了。

浮泛的作品，可这绝非诗人明知故犯，只能说是无心之失。朱自清用"散文化"一词，或许和艾青那篇颇具影响的《诗的散文美》亦有一定关系。艾青是大众化阵营中的代表诗人，他主张新诗尽量使用口语、尽量深入浅出，对新诗的格律化又大不以为然，他对新诗"散文美"的崇尚，既体现了他本人的艺术理念和鲜明个性，同时也是出于时代的需要和大众化阵营的集体诉求。

第三个疑问是关于格律的：格律与纯诗之间有无必然联系？朱自清说抗战诗歌的散文化和民间化促进了格律的发展，这正是所谓矛盾的发展，他虽没有把这种矛盾的发展直接说成是散文化与纯诗化的双向运动，但在他看来，战前新诗的纯诗化过程与格律的发展相伴随，两者的方向无疑是一致的。如此，则散文化—纯诗化—散文化的三段式发展，也许终将走向散文化和纯诗化两种对立倾向的融合互渗？然而如前所述，与其说纯诗化的对立面是散文化，还不如说是大众化，纯诗诗学与大众化诗学之间的矛盾虽非不共戴天，两者未尝不可并存于世，却很难真正握手言欢、融合无间。朱自清笔下的"散文化"一词包含了太多内容，如果仅考虑采用相对自由的语音形式而由"韵"趋"散"这一层意思，那么当分别支持自由体新诗和格律体新诗的人物齐集于抗战诗歌的大旗之下时，可能会暂时对自己的写作方式作有限的调整，以服务于一个压倒一切的共同目标——抗日救亡，一旦这个目标实现了，新诗的散文化与格律化之争仍将继续。散文化、格律化、纯诗化、大众化、口语化、民间化、歌谣化……除了在新诗诞生时就已初露端倪的口语化和散文化之外，这许多的"××化"在新诗音乐性问题史的建设期——浮出水面，每一个都怀着大而"化"之、一统新诗之天下的壮志，也真是蔚为奇观了。

其实具有纯诗化倾向的中国诗人对新诗格律的态度并不像朱自清以为的那样一致。我曾在本编第二章中指出，初期新诗的诸多实践，既有"为白话而诗"（推行白话文又是为了解放国人的思想和精神）的一面，也有"为诗而诗"的一面，到了1920年代，不少诗人都对这样的驳杂不"纯"感到不满，开始表现出明确的纯诗化倾向。不过《诗镌》同人固然将纯诗奉为"诗的真理"（朱湘语），却未曾把纯诗理念和自己的格律追求直接联系在一起，其他诗人就更不会在纯诗和格律之间画上等号了。穆木天和王独清都是法国象征主义诗学的信徒，也是较早将西方纯诗概念引入中国诗坛的两位诗人（有意思的是穆木天后来中途转向，投入了大众化的阵营，成为中国诗歌会的重要一员），1926年3月，穆木天的《谭诗——寄沫若的一封信》和王独清的《再谭诗——寄给木天、伯奇》一齐发表在《创造月刊》上，两人都表达了一些对格律的看法。穆木天提出："我们要求的是纯粹诗歌（The pure poetry），我们要住的是诗的世界，我们要求诗与散文的清楚分界。"[249]1920年代的穆木天，颇受创造社前辈郭沫若内在韵律理论的影响，但

---

[249] 穆木天.谭诗——寄沫若的一封信[A].见：杨匡汉，刘福春.中国现代诗论（上编）[M].广州：花城出版社，1985：98.

其诗观与郭沫若又稍有不同：郭沫若虽有圆熟的一面,可还是相当坚持己见的,他在1930年代对朗诵诗的诗学观点有所附和,甚至一度自相矛盾地主张将业已分离的诗与音乐重新结合起来,然而每次就诗与其他文类的界限发表自己的意见时,总会或明确或委婉地表示,唯有内在韵律才是诗的本质属性。穆木天则强调诗的广义音乐性和语言音乐性是不可分割的一体("内容与形式是不中分开"),呈现为"一个有统一性有持续性的时空间的律动",只有符合这个条件的诗才是纯诗。[250] 他对语言音乐性的重视既超过了郭沫若,尝试各种格律形式和音节技巧的兴趣也就比郭沫若大得多,即使是五言和七言的旧形式,在他看来也有保留的价值。值得一提的是,他虽然要求诗与散文的清楚分界,对于自由诗和不分行的散文诗却并不反感,认为"散文诗不是散文……散文诗是旋律形式之一种,是合乎一种内容的诗的表现形式"。[251] 王独清《再谭诗——寄给木天、伯奇》对新诗格律的态度也是同样地暧昧,如罗佩平《对中西方纯诗理论的一些思考》所言,穆木天和王独清作品的语音形式总是在自然与格律之间徘徊,而"这个矛盾在梁宗岱和戴望舒的身上体现得更为明显"[252]。

据我所见,要把握梁宗岱和戴望舒对格律的态度,倒是一件

---

[250] 穆木天.谭诗——寄沫若的一封信[A].见：杨匡汉,刘福春.中国现代诗论（上编）[M].广州：花城出版社,1985：97,下同.

[251] 同[250].

[252] 罗佩平.对中西方纯诗理论的一些思考[J].诗探索（理论卷）,2008,(3)：40.

相对比较容易的事情。从《夕阳下》到《雨巷》，再到《我的记忆》，从讲究平仄到追逐情绪的节奏，戴望舒诗的语音形式由整而散，时有从心所欲不逾矩的佳作问世。他希望纯诗不乞援于"一般意义的音乐"，希望诗的广义音乐性不受格律的羁勒（当然不是不受任何羁勒），自《望舒诗论》发表的那一天起，这想法就没有改变过。和许多纯诗诗人一样，梁宗岱深受"瑰艳的、神秘的象征主义"的影响，他对"保罗·梵乐希（即保罗·瓦莱里，引者按）先生"的纯诗诗学心驰神往，孜孜不倦地向中国诗坛介绍这个"显赫的名字"。[53] 他给 1931 年的《诗刊》（《诗镌》是它的前身）供过稿，文中自陈："我从前是极端反对打破了旧镣铐又自制新镣铐的，现在却两样了。"[54] 这变化是在瓦莱里的影响之下发生的，须知"梵乐希是遵守那最谨严最束缚的古典诗律的"。[55] 梁宗岱对闻一多等人的格律理论并不完全赞同，但他们之间有一个饶有意味的共同点：闻一多等人评价某一首诗的音节时，但凡用上了"铿锵"的按语，定然代表一种褒奖，反之，对他们心目中的好音节加以形容时，也总少不了"铿锵"二字，在梁宗岱那里，情形也同样如此。戴着格律的脚镣，跳起舞来自会铿锵作声，这种音效未必合乎所有纯诗诗人的趣味，对戴望舒而言，"铿锵"就绝不是什么好字眼。

---

[53] 梁宗岱. 保罗·梵乐希先生[A]. 见：梁宗岱. 诗与真[M]. 北京：中央编译出版社，2006：7-29.
[54] 梁宗岱. 论诗[A]. 见：梁宗岱. 诗与真[M]. 北京：中央编译出版社，2006：39.
[55] 同[53].

到目前为止,针对散文化—纯诗化—散文化的三段式,我提出了三个疑问,也在这三个疑问的基础上,给出了我对它的修正意见:初期新诗的"散文化"之中,已埋有纯诗化和大众化的种子;1920年代中期到抗战爆发前,纯诗诗学和创作在中国得到了长足的发展,大众化的势力暂居下风,其间纯诗诗人对诗语言音乐性和广义音乐性的关系,对新诗是否需要诗律、如何寻求诗法,往往有互不相同的认识;抗战全面爆发后,不少纯诗诗人在抗战诗歌的写作中主动向大众靠拢,"散文化"的议题在新的时代氛围里也具有了新的内涵。下面我将对戴望舒和艾青的个案进行具体分析,两人分别是纯诗化和大众化阵营的代表人物,这样的个案分析或能帮助我们理解问题史的某个侧面。

第二节 智者戴望舒

李健吾在《〈鱼目集〉——卞之琳先生作》里提到过戴望舒的名字,但他觉得戴望舒受法国象征和现代诗派的影响太多,比他更有前途的是"几个纯粹自食其力的青年"——卞之琳、何其芳、李广田。[20] 他认为这三人已从前辈有关音律形式的困惑中走出:

---

[20] 李健吾.《鱼目集》——卞之琳先生作[A].见:李健吾.咀华集·咀华二集[M].上海:复旦大学出版社,2005:60.

"从音律的破坏,到形式的试验,到形式的打散(不是没有形式:一种不受外在音节支配的形式,如若我可以这样解释),在这短短的年月,足见进展的迅速。"[25]在我看来,这几句评语如若移用在戴望舒身上,倒更加合适一些。"汉园"三诗人作品的音节虽比闻一多舒展,却远未越过形式试验的阶段,更不用说什么形式的打散了,何况卞之琳与何其芳后来又提起了"现代格律诗"的话头,在音律形式的困惑中陷溺愈深。不过李健吾所谓"形式的打散",和饶孟侃《再论新诗的音节》里的"有形的技术化成了无形的艺术"还有所区别,在饶孟侃那里,"有形的技术"之获得依赖于格律试验,只有等到试验成功以后,才谈得上化技术为艺术,李健吾的"形式的打散"不一定非要以某种形式试验的成果为前提,一种不受外在音节支配的形式,未必是从外在音节里面"化"出来的,虽然它多半和外在音节打过几次照面。[26]

读一读苏汶(杜衡)为诗集《望舒草》所作的序,就能明白戴望舒是如何从音律的破坏走到形式的试验,进而将形式打散的。苏汶回忆自己1920年代初和戴望舒、施蛰存一起尝试新诗写作的情景,他们"一致地追求着音律的美,努力使新诗成为跟旧诗一

---

[25] 李健吾.《鱼目集》——卞之琳先生作[A].见:李健吾.咀华集·咀华二集[M].上海:复旦大学出版社,2005:61.
[26] 李健吾所说的外在音节,略同于戴望舒的"一般意义的音乐",指的是规律性、重复性的声音形式,和郭沫若的外在韵律(包括各种语音形式,相当于诗的语言音乐性)不完全一样,"一种不受外在音节支配的形式"终究还是形式,仍属语言音乐性的范畴,而并非内在韵律或广义音乐性。

样地可'吟'的东西,押韵是当然的,甚至还讲究平仄声"[29],戴望舒这个时期的作品,收在他的第一本诗集《我底记忆》的第一辑《旧锦囊》里,辑中诗作如《夕阳下》《静夜》《山行》,不但诗句内部注重平仄相间(当然,经常得依现代白话文的语言习惯和实际发音作些通融),音调近似于旧诗,就连诗的意象和情调也深具古风,《夕阳下》里那句"荒冢里流出幽古的芬芳",恰可用来比拟《旧锦囊》中的作品。1925—1926年,戴望舒学习法文,读了法国象征主义诗人魏尔伦等人的诗,他对那种独特的音节感到莫大的兴味,才"不再斤斤于被中国旧诗词所笼罩住的平仄韵律的推敲"[30]。打破了旧式的音律之后,戴望舒第一首引人注目的作品是《雨巷》,叶圣陶读了这首诗,称许他为新诗的音节开了一个新纪元,戴望舒也由此得到了"雨巷诗人"的称号。戴望舒自己却不怎么喜欢《雨巷》,因为"就是在他写成《雨巷》的时候,已经开始对诗歌底他所谓'音乐的成分'勇敢地反叛了"[31],苏汶如此描述这种勇敢的反叛:

人往往会同时走着两条绝对背驰的道路的,一方面正努

---

[29] 苏汶.《望舒草》序[A].见:陈绍伟.中国新诗集序跋选[M].长沙:湖南文艺出版社,1986:238.
[30] 苏汶.《望舒草》序[A].见:陈绍伟.中国新诗集序跋选[M].长沙:湖南文艺出版社,1986:239.
[31] 苏汶.《望舒草》序[A].见:陈绍伟.中国新诗集序跋选[M].长沙:湖南文艺出版社,1986:240,下同。

力从旧的圈套脱逃出来,而一方面又拚命把自己挤进新的圈套,原因是没有发现那新的东西也是一个圈套。

望舒在诗歌底写作上差不多已经把头钻到一个新的圈套里去了,然而他见得到,而且来得及把已经钻进去的头缩回来。一九二七年夏某月,望舒和我都蛰居家乡,那时候大概《雨巷》写成还不久,有一天他突然兴致勃发地拿了张原稿给我看,"你瞧我底杰作",他这样说。我当下就读了这首诗,读后感到非常新鲜;在那里,字句底节奏已经完全被情绪底节奏所替代,竟使我有点不敢相信是写了《雨巷》之后不久的望舒所作。只在几个月以前,他还在"彷徨"、"惆怅"、"迷茫"那样地凑韵脚,现在他是有勇气写"它的拜访是没有一定的"那样自由的诗句了。

他所给我看的那首诗底题名便是《我的记忆》(初发表时题名《我底记忆》,引者按)。

"一方面正努力从旧的圈套脱逃出来,而一方面又拚命把自己挤进新的圈套",这就好像梁宗岱所说的"打破了旧镣铐又自制新镣铐"。《雨巷》不再斤斤于旧式的平仄韵律的推敲,而以回环复沓的语音形式表现哀怨缠绵的情绪,戴望舒凭借这形式试验打动了无数读者,也赢得了新诗音节的"新纪元"的极高评价,但他对这个即将形成的新圈套颇为警觉,果断抽身,不让李健吾所谓的那种"外在音节"继续支配自己作品的形式,转而听从诗情的自然节奏(因为记忆的拜访是"没有一定的"),写出了舒卷如意、自由中有法度的杰作《我的记忆》。戴望舒不是没有"彷徨""惆怅""迷茫"那样地凑过韵脚,实在说来,这到底比闻一多的"哀悲"要高明得多,然而这种语音形式适用于《雨巷》,不见得适用于《我的记忆》,更不可把新纪元变成老皇历,套用到许许多多的其他作品中。新诗要写些什么、能够写成什么样子,本来是未可限量的,又怎能对其语言音乐性的形态加以限定?从《我的记忆》开始,戴望舒跟自己一度有过的诗律意识彻底挥别,没带走一片云彩。

> 望舒第一次出集子即名曰《我底记忆》,这一回重编诗集,也把它放在头上,而属于前一个时期的《雨巷》等篇却也像《旧锦囊》那一辑一样地全部删掉了。
> 这以后,只除了格调一天比一天苍老、沉着,一方面又渐次地能够开径自行,摆脱下许多外来的影响之外,我们便很难说望舒底诗作还有什么重大的改变;即使有,那也不再是属于形式的问题。我们就是说,望舒底作风从《我的记忆》这一首诗而固定,也未始不可的。[202]

朱自清说新诗格律运动当时好像失败了,但它的势力潜存

---

[202] 苏汶.《望舒草》序[A].见:陈绍伟.中国新诗集序跋选[M].长沙:湖南文艺出版社,1986:241.

着,延续着,对很多诗人都有影响,象征派诗人开始时用自由的形式,后来也多用格律。事实并不尽然,戴望舒就是一个绝佳的反例。《望舒草》出版于 1933 年,集末附有《诗论零札》十七条,这十七条诗学札记曾以《望舒诗论》的题目在 1932 年二卷一期的《现代》上发表过,劈头第一条就是"诗不能借重音乐,它应该去了音乐的成分",《望舒诗论》中还有如下几条与诗的音乐性相关的文字:

> 五、诗的韵律不在字的抑扬顿挫上,而在诗的情绪的抑扬顿挫上,即在诗情的程度上。

> 七、韵和整齐的字句会妨碍诗情,或使诗情成为畸形的。倘把诗的情绪去适应呆滞的,表面的旧规律,就和把自己的足去穿别人的鞋子一样。愚劣的人们削足适履,比较聪明一点的人选择较合脚的鞋子,但是智者却为自己制最合自己的脚的鞋子。

> 八、诗不是某一个官感的享乐,而是全官感或超官感的东西。

> 九、新的诗应该有新的情绪和表现这情绪的形式。所谓形式,决非表面上的字的排列,也决非新的字眼的堆积。[263]

---

[263] 戴望舒.望舒诗论[A].见:戴望舒.戴望舒全集(散文卷)[M].北京:中国青年出版社,1999:127-128.

"诗的韵律不在字的抑扬顿挫上,而在诗的情绪的抑扬顿挫上,即在诗情的程度上",诗的情绪的抑扬顿挫,这不是郭沫若的内在韵律吗?"诗不是某一个官感的享乐,而是全官感或超官感的东西",这句话则让人想到康白情"感官"与"心官"的对举。此时戴望舒的诗学观念和诗风均已确立,他对诗歌广义音乐性的理解和郭沫若等初期新诗人是近似的。与郭沫若相同,戴望舒对表面的韵律和整齐的字句殊无好感,认为它们会妨碍诗情,或使诗情成为畸形的,倘把诗的情绪去适应呆滞的、表面的旧规律,就和把自己的足去穿别人的鞋子一样(又有点像伸脚戴上别人的脚镣)。郭沫若指出,古代的诗,其外在韵律好比华丽的衣裳,诗的内在韵律则是裸体的美人,美人要是穿上了不合身的华服,反而会被漫画化,因此新诗的语言音乐性须与广义音乐性合拍。戴望舒则说愚劣的人们削足适履,比较聪明一点的人选择较合脚的鞋子,智者却为自己制最合自己脚的鞋子。说到相体裁衣,或自制最合脚的鞋子,智者戴望舒的功夫可比郭沫若深厚得多了。他以心运笔,虽尚未达到形随意转、时刻妙合无间的境界,却也多能把握情绪的节奏,为作品找到恰当的语音形式。

戴望舒主张诗不能借重音乐,而应去了音乐的成分,需要说明的是,他并非彻底排斥诗的语言音乐性,诗不能借重的,只是"一般意义的音乐",亦即规律性、重复性的声音形式。在《谈林庚的诗见和"四行诗"》里,针对林庚所抬举的"韵律诗",戴望舒如是说:

我的意思是,自由诗与韵律诗(如果我们一定要把它们分开的话)之分别,在于自由诗是不乞援于一般意义的音乐的纯诗(昂德莱·纪德有一句话,很可以阐明我的意思,虽则他其他的诗的见解我不能同意;他说,"……句子的韵律,绝对不是在于只由铿锵的字眼之连续所形成的外表和浮面,但它却是依着那被一种微妙的交互关系所合着调子的思想之曲线而起着波纹的")。而韵律诗则是一般意义的音乐成分和诗的成分并重的混合体(有些人竟把前一个成分看得更重)。至于自由诗和韵律诗这两者之孰是孰非,以及我们应该何舍何从,这是一个更复杂而只有历史能够解决的问题。关于这方面,我现在不愿多说一句话。[264]

　　我曾经说过,韵律不等于格律,诗的韵律是一个相对宽泛的概念,各种语音形式都可以包括在内,格律则可说是被当作一种模式固定下来的特定的韵律,但这里的"韵律诗"既与自由诗相对,实际上显然指的就是格律诗。顺便提一句,在戴望舒心里,诗中字眼之"铿锵",无疑是丝毫不值得称道的。在此,戴望舒表达了两个意见,道常人之所未道,足见其诗观确有不同凡俗之处:第

---

[264] 戴望舒.谈林庚的诗见和"四行诗"[A].见:戴望舒.戴望舒全集(散文卷)[M].北京:中国青年出版社,1999:168.

一,自由诗与格律诗本不一定要分开,如果将来真有站得住脚的格律体新诗出现,而能与自由诗并立,我们又何必要去辨别哪一首诗是自由诗,哪一首是格律诗?第二,如果一定要把它们分开的话,两者之孰是孰非,以及我们应该何舍何从,也是一个只有历史能够解决的问题。假使自由诗与格律诗之争终究不能消弭于无形,那么总会有东风压倒西风或者西风压倒东风的一天。我们只能等待时间与历史来揭晓谜底,而不可妄下断语。别说当时(戴望舒这篇文章刊登在1936年11月的《新诗》上),就连现在,也还不是就此下定论的时候。

一些研究者认为,戴望舒抗战期间的诗作大多押韵,诗行也相对整齐,这说明他已转向了格律诗的写作。其实大谬不然,戴望舒始终觉得强求字句的整齐会妨碍诗情,或导致诗情的畸变,戴望舒战时的作品也不见得有多么整齐,著名的《我用残损的手掌》就是一个例子。《我的记忆》写来从容自如,诗行长短无定,那是因为"它(指"我的记忆",引者按)在到处生存着,像我在这世界一样",诗中弥漫的是悱恻而悠远的情愫,戴望舒战时的诗作,之所以诗行间长度的差距不像《我的记忆》那么大,关键在于从前那种疏淡幽微的心境业已消失,诗情转为沉郁,诗语言总体趋于紧密,均属必然之理。至于押韵,则应是出于表现诗情的需要(他战前的作品也有不少是押韵的),或许同时也为了让更多的读者喜闻乐见。

1944年,戴望舒发表了一篇新的《诗论零札》,文字虽与第一篇《诗论零札》(即《望舒诗论》)不同,表露的诗学倾向并无改变。戴望舒表示,通常所谓美丽的词藻、铿锵的音韵,当它们对于"诗"并非必需,或妨碍"诗"的时候,应该把它们从诗里放逐出去,而"没有'诗'的诗,虽韵律齐整音节铿锵(着重号为引者所加),仍然不是诗"。[263]给"诗"字加上引号,这是一种对诗本身的强调,可以说,戴望舒直到最后都是一个纯诗诗人。1945年,纯诗诗学的宗师瓦莱里去世后,戴望舒写了一篇纪念文章,再次向国人介绍这位"梵乐希先生"。戴望舒说瓦莱里"在诗法上有最高的成就","梵乐希是一位在写作之前或在写作的当时,肯花工夫去思想的诗人,而他的批评性和客观性的方法,是带着一种新艺术的表记的","然而,在说这话的时候,我们的意思并不就是排斥那一任自然流露,情绪突发的诗"。[264]罗侃平说法国象征主义的纯诗具有"主智"倾向,中国的纯诗理论则有"主情"的倾向[265],朱自清把"纯粹的抒情"看作纯诗的标志,原因正在于此。戴望舒谈论广义音乐性时,尽管兼及诗的情绪和思想,但明显更侧重于情绪的节奏。说到(做)诗法,他固然绝不排斥那一任自然流露、情绪突发的诗,对瓦莱里的批评性和客观性的"主智"的方法,却也同样有

---

[263] 戴望舒.诗论零札[A].见:戴望舒.戴望舒全集(散文卷)[M].北京:中国青年出版社,1999:187-189.
[264] 戴望舒.诗人梵乐希逝世[A].见:戴望舒.戴望舒全集(散文卷)[M].北京:中国青年出版社,1999:192-194.
[265] 罗侃平.对中西方纯诗理论的一些思考[J].诗探索(理论卷),2008,(3):34-35.

所会心。值得注意的是,文章对瓦莱里恪守诗律的作风只字未提。在《诗镌》诗人们看来,(做)诗法的核心只能是诗律,因为不打算戴脚镣的诗人,"他的诗也就做不到怎样高明的地方去"。[208] 而在戴望舒这里,"主智"也好,"主情"也好,无论如何,(做)诗法和"一般意义的音乐"都扯不上什么关系。

第三节　诗的散文美

《望舒诗论》和《诗论零札》都由札记式的片段组成,艾青写于抗战初期(1938—1939年)的长文《诗论》也采用了这样的形式。作为一篇大众化诗学的经典诗论,文章开宗明义,一上来就规定了诗的功用——诗必须成为真、善、美之间的最好联系:

> 真、善、美,是统一在先进人类共同意志里的三种表现,诗必须是它们之间最好的联系。

> 真是我们对于世界的认识;它给予我们对于未来的信赖。

---

[208] 闻一多.诗的格律[A].见:闻一多.闻一多选集(第一卷)[M].成都:四川文艺出版社,1987:332.

善是社会的功利性;善的批判以人民的利益为准则。

没有离开特定范畴的人性的美;美是依附在先进人类向上生活的外形。

我们的诗神是驾着纯金的三轮马车,在生活的旷野上驰骋的。

那三个轮子,闪射着同等的光芒,以同样庄严的隆隆声震响着的,就是真、善、美。[29]

"善是社会的功利性;善的批判以人民的利益为准则"一语,明白无误地宣示了实用性、功利性的诗学立场,与此同时,"为大众而诗""为抗战而诗"也在不知不觉间开始向"为人民而诗"过渡。

作为一个著名的自由诗作者,艾青很快谈到了自由与格律的问题:

诗是自由的使者,永远忠实地给人类以慰勉,在人类的心里,播散对于自由的渴望与坚信的种子。

诗的声音,就是自由的声音;诗的笑,就是自由的笑。

---

[29] 艾青.诗论[A].见:艾青.诗论[M].北京:人民文学出版社,1980:171.

> 格律是文字对于思想与情感的控制,是诗的防止散文的芜杂与松散的一种羁勒;但当格律已成了仅只囚禁思想与情感的刑具时,格律就成了诗的障碍与绞杀。
>
> 不要把人家已经抛撇了的破鞋子,拖在自己的脚上走路。
>
> 诗人应该为了内容而变换形式,象我们为了气候而变换服装一样。
>
> 宁愿裸体,却决不要让不合身材的衣服来窒息你的呼吸。[270]

艾青对自由精神的标举,承袭了"五四"新诗的传统;他关于格律可能成为诗的障碍与绞杀的议论,则和戴望舒颇为相像,虽然他对诗本身的理解绝不是纯诗的。戴望舒也曾把诗的语言形式比作鞋子和衣服——除了自制最合脚的鞋子的比喻以外,戴望舒还说过"诗情是千变万化的,不是仅仅几套形式和韵律的制服所能衣蔽""只有乡愚才会把穿了彩衣的丑妇当作美人"。[271] 戴望

---

[270] 艾青.诗论[A].见:艾青.诗论[M].北京:人民文学出版社,1980:175-192.
[271] 戴望舒.诗论零札[A].见:戴望舒.戴望舒全集(散文卷)[M].北京:中国青年出版社,1999:187-188.

舒反对削足适履去穿别人的鞋子,艾青更是宁可光脚走路也不穿别人已经抛撇了的破鞋子,宁愿裸体也不让不合身的衣服窒住呼吸,这样大大咧咧、不把诗的语言音乐性放在心上的态度,又会让人想起推崇裸体美人、弃华服如敝屣的郭沫若。《诗镌》诗人提出相体裁衣(尽管这和格律化的追求之间有着深刻的矛盾)、戴望舒提倡自己制鞋,新诗人总爱打一些类似的比方,这种类似特别具有迷惑性,隐藏在它后面的往往是诗观的同中有异甚至大相径庭。

《诗论》一方面强调诗歌语言的艺术性和纯粹性,强调它的崇高地位,一方面又不遗余力地主张诗的普及和口语化:

> 诗是艺术的语言——最高的语言,最纯粹的语言。

> 最富于自然性的语言是口语。
> 尽可能地用口语写,尽可能地做到"深入浅出"。[272]

在 1939 年所写的《诗的散文美》里,艾青更将口语和新诗的散文美联系了起来:

> 口语是美的,它存在于人的日常生活里。它富有人间

---

[272] 艾青.诗论[A].见:艾青.诗论[M].北京:人民文学出版社,1980:201,205.

味。它使我们感到无比的亲切。

而口语是最散文的。㉓

《诗的散文美》重点仍在于散文和韵文的对立。日常口语是美的,因为它富于自然性和人间味,给人以亲切感,新诗尽量使用口语,就能得到人民大众的认可;日常说话当然不会刻意押韵,既然口语是最"散文"的,新诗自应充分发挥口语的散文美:

> 由欣赏韵文到欣赏散文是一种进步;而一个诗人写一首诗,用韵文写比用散文写要容易得多。但是一般人,却只能用韵文来当做诗,甚至喜欢用这种见解来鉴别诗与散文。这种见解只能由那些诗歌作法的作者用来满足那些天真的中学生而已。
>
> ……
>
> 自从我们发现了韵文的虚伪,发现了韵文的人工气,发现了韵文的雕琢,我们就敌视了它;而当我们熟视了散文的不修饰的美,不需要涂抹脂粉的本色,充满了生活气息的健康,它就肉体地诱惑了我们。
>
> ……

㉓ 艾青.诗的散文美[A].见:艾青.诗论[M].北京:人民文学出版社,1980:154.

称为"诗"的那文学样式,脚韵不能作为决定的因素,最主要的是在它是否有丰富的形象——任何好诗都是由于它所含有的形象而永垂不朽,却绝不会由于它有好的音韵。㉔

韵文和散文的区别不代表诗和散文的区别,诗由"韵"趋"散"是一种进步,艾青这些见解和早期新诗人并无二致,脚韵不是诗这种文学样式的决定性特质,这一点在艾青这里是十分明确的。艾青也提到了诗歌的"作法",并表示做诗法的关键绝不在于音韵,而主要在于丰富的形象。人民大众当然不是"那些天真的中学生",人民敌视韵文的虚伪、雕琢、人工气,喜爱散文的不加修饰的本色美和健康的生活气息,为人民而诗,要走散文美的康庄大道。

艾青的诗往往不押韵,即使押韵,韵脚也多疏疏落落,介于有韵与无韵之间。朱自清说艾青等人的长诗是抗战时期新诗"散文化"倾向的代表,注重语言的明白晓畅,"他们新的努力是在组织和词句方面容纳了许多散文成分",其实艾青战前的诗作——比如为他赢得最初声名的《大堰河——我的保姆》,语言已颇为口语化,虽不致因为不押韵、形式自由而落入"散文的芜杂与松散",要说在诗的组织和语言中容纳散文成分,那时候就已经开始了,不能算是抗战期间"新的努力"。艾青的诗总的来说篇幅都比较长,

---

㉔ 艾青.诗的散文美[A].见:艾青.诗论[M].北京:人民文学出版社,1980:153-155.

长达数百行的诗也写过不少,与郭沫若的"凤歌"那样靠情绪和观念支撑的"大诗"相比,艾青更时而在长诗的组织里引入叙事的成分,《大堰河——我的保姆》《他死在第二次》《雪里钻》《藏枪记》……随手便可举出一大串来。梁宗岱认为诗朗诵运动在群众中的影响力之所以有限,原因在于:"观察告诉我们,最能引起群众底兴趣的只有二事:故事和歌曲。"[275]这句话是有一定道理的。艾青知道"诗是诗,不是歌,不是小说,不是报告文学"[276],歌词通常都是韵文,他没有走歌谣化的路子,又不愿一味求助于韵文,要更好地诉诸群众,剩下的唯一选择就是故事了。要在诗里讲故事,讲得不像小说、不像报告文学,可不是一件容易的事情。艾青在《诗论》里曾经说过这样的话:

> 有的只是一些素材,却不是诗;
> 有的只是一节故事,却不是诗;
> 有的根本只是一篇最粗拙的报告,分行排列了,在句脚上加上一些单调的声音,却自鸣得意以为那是"长诗"。而批评家也以为那是"长诗",而读者也以为那是"长诗";于是我们临到了一个充满"长诗"的时代。

---

[275] 梁宗岱.谈"朗诵诗"[A].见:梁宗岱.诗与真续编[M].北京:中央编译出版社,2006:80.
[276] 艾青.诗论[A].见:艾青.诗论[M].北京:人民文学出版社,1980:190,下同.

那么艾青自己的长诗能否避免这些弊病呢？不好说。1980年，艾青在《诗刊》社举办的"青年诗作者创作学习会"上发表谈话，回顾自己早年创作的叙事长诗："我发现自己的诗里凡是按照事实叙述的，往往写失败了。"[277]如《藏枪记》，是他去家乡听了一个抗日游击战士的故事后写的，完全根据人家怎么说，就怎么写，"事情写得很清楚，但不感动人"。谈到这个话题，他还顺带就"诗的散文美"作了一些解释：

> 我说过诗的散文美，这句话常常引起误解，以为我是提倡诗要散文化，就是用散文来代替诗。我说的诗的散文美，说的就是口语美。这个主张并不是我的发明，戴望舒写《我的记忆》时就这样做了。戴望舒的那首诗是口语化的，诗里没有脚韵，但念起来和谐。我用口语写诗，没有为押韵而拼凑诗。我写诗是服从自己的构思，具有内在的节奏，念起来顺口，听起来和谐就完了。这种口语美就是散文美。我们可以用自己民族的口语写。我们可以用我们的方式来表现自己的时代。有没有用散文写诗的呢？有。没有采用形象思维的方式，只是叙述的方式。虽然看来很格律化，其实也还是散文化。杜甫的《石壕吏》，"暮投石壕村，有吏夜捉人"，

---

[277] 艾青.与青年诗人谈诗——在诗刊社举办的"青年诗作者创作学习会"上的谈话[A].见：艾青.艾青谈诗[M].广州：花城出版社，1982：60，下同。

整个是叙述的,是押韵的散文。象前面提到过的《藏枪记》便是属于这一种。[278]

艾青说《石壕吏》和《藏枪记》都没有采用形象思维的方式,只是叙述的方式,其实叙述不见得是形象思维的反面,要写好叙事诗,光靠采用形象思维的方式恐怕也还不够。艾青在民间采集了故事素材,有意要把《藏枪记》写成一首"江南抗日游击战争记事诗"(这是诗的副题),最终却不得不承认它的失败。在1950年代的长文《诗的形式问题——反对诗的形式主义倾向》里,他强调创作时须得注意诗中散文成分的比重:"文学上的各种表现手法,可以用在诗上,也可以用在散文上;但各种表现手法之被用在诗上,是和用在散文上不一样的。"[279]艾青表示,在散文里,长篇的叙述是被容许的,但在诗里,就要有节制得多;在散文里,对一个观念可以加上不厌烦絮的解释,而在诗里,这种解释就会显得累赘;在散文里,出现一些理智的分析的章段,并不足奇怪,这在诗里就会使人感到很不习惯。总之,"在一篇散文里,掺进了一些诗的成分,就会使它有了诗意;而在一首诗里,散文的成分重了就会显得松弛无力了"。既然文学的各种表现手法可以用在诗上也可以用

---

[278] 艾青.与青年诗人谈诗——在诗刊社举办的"青年诗作者创作学习会"上的谈话[A].见:艾青.艾青谈诗[M].广州:花城出版社,1982:61-62.
[279] 艾青.诗的形式问题——反对诗的形式主义倾向[A].见:艾青.诗论[M].北京:人民文学出版社,1980:111,下同。

在散文上,那么长篇的叙述也好、观念的解释也好、理智的分析也好,都不会是无可救药的大毛病,比重问题固然需要考虑(如果没有能力将这些东西化成诗,而把它们作为散文成分大规模地容纳在诗里,作品难免非驴非马),更关键的还是找到真正独属于诗的方式,让诗的叙事、观念和理智体现出它们的"不一样"来。韵文不是诗的万应灵丹,形象思维的方式也未必独属于诗,仅有形象思维,得到的也许仍只是观念和理智的图解,生活素材原本就包含着丰富的形象,被分行写成了同样形象或更加形象的故事,实际上还是和小说、和报告文学没多大不同。

艾青在1980年重申散文美就是口语美,又把戴望舒拉过来做帮手,说《我的记忆》的好处就在于口语化,由此将散文美/口语美等同于"诗里没有脚韵,但念起来和谐"。可见别人将他主张散文美误解为提倡诗的散文化,给他带来的困扰有多么持久。朱自清对抗战诗歌的"散文化"并不持否定态度,艾青却对散文化的提法颇为戒惧。艾青当然不是真想用散文来代替诗,但他出于普及的诉求,在自己的诗作中加入散文成分,确属有意为之,操作起来不由得对结果无法把控,也是必须承认的事实。值得一提的是,艾青说"我写诗是服从自己的构思,具有内在的节奏,念起来顺口,听起来和谐就完了",他所谓内在的节奏,和郭沫若的内在韵律可不是一回事。他在《诗的形式问题——反对诗的形式主义倾向》里作过这样的界定:"诗必须有韵律,这种韵律,在'自由诗'里,偏重于整首诗内在的旋律和节奏;而在'格律诗'里,则偏重于音节和韵脚。……所谓旋律也好,节奏也好,韵也好,都无非是想借声音的变化,唤起读者情绪的共鸣;也就是以起伏变化的声音,引起读者心理的起伏变化。"[280]自由诗的内在节奏与格律诗的音节、韵脚,都无非是指声音的起伏变化,虽与情绪/心理的起伏变化有关,却仍属语言音乐性而非广义音乐性的范畴。《诗的形式问题——反对诗的形式主义倾向》既以"反对诗的形式主义倾向"为副题,关于韵脚的可有可无,自然又谈了不少意见,还毫无必要地引述了鲁迅致窦隐夫信中的话。对鲁迅的鹦鹉学舌始终不绝,但这一只鹦鹉有些狡猾,它将鲁迅的话掐头去尾,再另外添上了几句似是而非的说明。鲁迅那句原话是:"我以为内容且不说,新诗先要有节调,押大致相近的韵,给大家容易记,又顺口,唱得出来。"艾青则说:"我同意鲁迅的主张,押'大致相同的韵',废古韵,以现代语言的发音,押现代的韵。这里面,虽然存在着各地发音不同的问题,大致也不会相差太远,比起古韵总要合适一些。"[281]鲁迅的原话重在指出新诗押大致相近的韵的必要性(为了利于传播),艾青故意对此避而不谈,只把"大致相近"这层意思,按照自己的理解进行了一些阐发。说这番烦扰完全是自找的,倒也不尽然,要与自己所在的集体保持高度一致,总免不了会有身不由主的时候。

---

[280] 艾青.诗的形式问题——反对诗的形式主义倾向[A].见:艾青.诗论[M].北京:人民文学出版社,1980:115-116.

[281] 艾青.诗的形式问题——反对诗的形式主义倾向[A].见:艾青.诗论[M].北京:人民文学出版社,1980:116-117.

结　语

一、"替关于诗的事实寻出理由"

在 1949 年之前的中国新诗音乐性问题史中,出现过三部重要的诗学著作:朱自清的《新诗杂话》、朱光潜的《诗论》和王力的《汉语诗律学》。《新诗杂话》初版于 1947 年,书中十几篇"杂话"除少数写于 1930 年代以外,其余都是 1940 年代的作品;《诗论》的写作从 1931 年开始,1933 年初成,其后的十余年间,作者曾在几所大学讲授"诗论",每次讲课,都对书稿大加修改一番,并于 1943 年和 1948 年先后推出了《诗论》的"抗战版"(初版)和"增订版";《汉语诗律学》的写作自 1945 年开始,至 1947 年结束,直到 1958 年方始出版,付梓前只作了少量修改。朱光潜在"抗战版"《诗论》的序言里说过这样一句话:"诗学的任务就在替关于诗的事实寻出理由。"㉒可以说,"替关于诗的事实寻出理由",正是这三部完成于1940年代的集大成之作共有的目的之一。

朱自清曾是新诗运动最早的参与者,他后来虽逐渐远离了新诗的写作,却从未远离新诗的历史"现场",终其一生,他一直是中国新诗忠实的观察者、热情的评论者和沉静的研究者,本书对包括《新诗杂话》在内的许多他的论著都有所援引,在此,我必须向朱自清先生致敬,对于中国新诗而言,他所作的贡献是无可替代的。朱光潜虽从不写诗,却在诗学(狭义的)研究中倾注了无穷心血,并把《诗论》视作自己此生最好的学术成果。《诗论》的研究范围不仅限于新诗理论,但和新诗有关的部分在全书里占据了不小的比例,这也许是因为,作者所见证的"关于诗的事实",主要便来自中国新诗。《汉语诗律学》以古近体诗和词曲格律的研究为主,然而其第五章《白话诗和欧化诗》分从自由诗、诗行的长短、音步、韵脚的构成、韵脚的位置,以及商籁体(十四行体)新诗等方面讨论了现代汉语的诗律学,堪称对草创期与建设期新诗语言音乐性试验成果的一次检视和总结。在该书序言里,王力特地向冯至、卞之琳、梁宗岱等新诗人致谢,表示自己在撰写《汉语诗律学》的过程中曾得到他们的教益,该书之成,与新诗写作实践之间的密切关系,亦可想而知。

《新诗杂话》中《诗的形式》《诗韵》《朗读与诗》《真诗》诸篇

㉒ 朱光潜.抗战版序[A].见:朱光潜.诗论[M].上海:上海古籍出版社,2005:1.

直接探讨新诗的语言音乐性（包括新诗格律）与乐曲音乐性，关于新诗朗读和语音形式的"不谐之谐"的见解尤具卓识，其他篇章对音乐性问题也多有提及；《诗与感觉》《诗与哲理》《诗与幽默》等篇，则就新诗的诗法提示了丰富的可能性。《诗论》的《诗与乐——节奏》、《诗与散文》、《中国诗的节奏与声韵的分析》（分上、中、下三章）、《中国诗何以走上"律"的路》（分上、下两章）等章都与音乐性问题有关，朱光潜时常论及新诗的实例，还就新诗格律问题表达了自己的看法，附录《给一位写新诗的青年朋友》也以相当的篇幅专门讨论了新诗的语音形式。动笔写作《汉语诗律学》之初，王力曾打算在书名里使用"诗法"一词，后来才改用了"诗律学"，足见对王力来说，诗律乃是诗法的核心。《新诗杂话》《诗论》《汉语诗律学》三部诗学专著的写作时间，都在新诗音乐性问题史的建设期之内。在问题史的建设期里，诗人的主张与诗艺的琢磨涉及了乐曲音乐性、语言音乐性和广义音乐性等不同层面，分别指示了不同的路向，而探寻现代汉语的诗律学或做诗法，可说是其中居于主导地位的倾向。《新诗杂话》《诗论》《汉语诗律学》三书不约而同，对诗律学或做诗法都进行了着力的探讨，这与时代的风习不无关系。通过草创时期和建设时期的种种努力，人们有关新诗音乐性的求索已然取得了一些初步的成果。《新诗杂话》《诗论》《汉语诗律学》三书均于 1940 年代完成，对新诗在音乐性方面的既有经验作出理论总结，可谓恰逢其时，尽管这种总结不可能是十分完全的——因为新诗本身的发展同样并不完全,哪怕到了今天,也不能说新诗已经得到了完全的发展。

二、奥尔甫斯仍在歌唱

我们看到分属诗歌音乐性三个层次的不同问题在问题史的草创期和建设期里同时展开,在这一过程中,围绕新诗与音乐、新诗与歌之间关系的争议,以及围绕新诗与其他文类界限的争议均日趋扩大。开始时争议双方一般分属新文学与旧文学两个不同阵营,后来争议逐渐转入了新文学阵营内部,观念层面的冲突分别在具体立场、写作方式和与诗有关的实践活动中体现出来。而新诗音乐性"传统"的雏形也在多种力量的冲撞与交汇中悄然形成。随着外部环境的剧烈震荡和社会历史的重大变迁,新诗音乐性问题史即将进入一个新的阶段,新诗音乐性的传统将在传承、颠覆和调整中获得进一步的发展。我在导言里提到过王光明《现代汉诗的百年演变》对新诗演变历程的分期,他将新中国成立以后的时期统称为"分化期"。在我看来,如果要继续对1949年后的中国新诗音乐性问题史进行研究,可以把它分为分化期和重整期两个时期,每一时期也都有着各自的主导倾向:

一、分化期,从1950年代到1970年代。中国新诗音乐性问题史进入分化期,在海峡两岸以不同的形态展开。在此期间,对于"新"民歌和两种不同意义的"现代"诗(何其芳等人主张的"现代格律诗"与中国台湾的"现代诗")的提倡,体现出时代语境中,人们对草创期和建设期新诗在音乐性方面初步形成的传统,欲罢不能、欲拒还迎的复杂心态。二、重整期,1980年代至今。王光明对新诗演变历程的分期,将1980年代之后的时期仍看作分化期的一部分,他认为虽然随着时代语境的变化,两岸新诗互参互动的局面开始出现,但分化时期并没有过去,以往的分化是由于空间的阻隔和意识形态的差异,如今的分化则是由后现代社会的种种解构力量,由书写方式、传播方式的革命造成的。[223] 据我所见,这些力量固然存在,新诗音乐性问题史在这一时期的面貌却并非那么漫漶无边、茫无头绪。诗人并没有忘记琴弦,只不过他们未必仍用通常的歌喉来演唱(对他们来说,"歌唱"有时更像一个隐喻)。正所谓"重整河山待后生",后生可畏之处在于他们是站在前人的肩头眺望远方的。重整期最引人注目的,是一批诗人试图穿越诗与其他文类界限的努力,让人联想起希腊神话中的奥尔甫斯,凭借其歌声穿越了生死之界限。1990年代以降,许多诗人开始了不分行的写作(有时是分行与不分行的文本在同一作品中交叉互见),他们没有沿袭习用的"散文诗"的称谓,而是以各自的方式来给这样的写作命名。如王家新称自己诗集中不分行的作品为"诗片断系列",臧棣讲究诗与文之间的"互文"作用,柏桦发表于21世纪初的《史记:20世纪60年代》被称为"跨文体写

---

[223] 王光明.现代汉诗的百年演变[M].石家庄:河北人民出版社,2003:10-18.

作",西川则说自己的这一类作品"既非诗,也非论,也非散文,我不知道它叫什么,我不要那么多界线"[284]。然而在本质上,他们仍把这些作品看作诗,柏桦在《史记:20世纪60年代》的"作者按"中说"我只是促使各种材料变成诗"[285],西川承认自己"把诗写成了一个大杂烩"[286],与自己曾经追求的半自由体的、具有音乐性的诗行和大致相同的诗节的"纯诗"相区别,这是一种"容留的、不洁的、偏离诗歌的"[287]诗歌。奥尔甫斯的神话之所以令人动容,是因为他的歌声不但打开了通往冥国的道路,而且让复仇女神和冥后全都感动落泪,使他得以从冥界重返人间。诗人们的上述努力之所以值得尊重,也正因为他们穿越界限是为了以新的方式返回。

中国新诗已有一百多年的历史,将迄今为止的新诗音乐性问题史全部梳理完毕后,或能对新诗音乐性未来可能的走向作出一些推测。在科技与文明快速发展的当下,文学的前景充满变数,也许我们再也不能像伊塔洛·卡尔维诺那样纵谈"未来千年"的文学特质了。我却愿意相信,关于新诗音乐性问题史的这项研究工作仍有继续进行的必要,但愿它能如冯至的十四行诗所言,"像一面风旗/把住一些把不住的事体",或多或少。

---

[284] 西川.与弗莱德·华交谈一下午[A].见:西川.让蒙面人说话[M].上海:东方出版中心,1997:279.

[285] 柏桦.史记:20世纪60年代[J].大家,2010,(3):15-57.

[286] 同[284].

[287] 西川.答鲍夏兰、鲁索四问[A].见:西川.让蒙面人说话[M].上海:东方出版中心,1997:246.

主要参考文献

中文著作：

[1] 艾青.艾青诗全编[M].北京：人民文学出版社,2003.

[2] 艾青.艾青谈诗[M].广州：花城出版社,1982.

[3] 艾青.诗论[M].北京：人民文学出版社,1980.

[4] 保尔·瓦雷里.瓦雷里诗歌全集[M].葛雷,梁栋译.北京：中国文学出版社,1996.

[5] 保罗·瓦莱里.文艺杂谈[M].段映虹译.天津：百花文艺出版社,2002.

[6] 贝内代托·克罗齐.美学或艺术和语言哲学[M].黄文捷译.天津：百花文艺出版社,2009.

[7] 卞之琳.卞之琳文集[M].合肥：安徽教育出版社,2002.

[8] 波德莱尔.恶之花　巴黎的忧郁[M].钱春绮译.北京：人民文学出版社,1991.

[9] 陈绍伟.中国新诗集序跋选[M].长沙：湖南文艺出版社,1986.

[10] 陈思和.中国新文学整体观[M].上海：上海文艺出版社,1987.

[11] 陈源.西滢闲话[M].北京：东方出版社,1995.

[12] 戴望舒.戴望舒全集[M].北京：中国青年出版社,1999.

[13] 杜威.艺术即经验[M].高建平译.北京：商务印书馆,2005.

[14] 废名,朱英诞.新诗讲稿[M].北京：北京大学出版社,2008.

[15] 冯至.冯至全集[M].石家庄：河北教育出版社,1999.

[16] 丰子恺.丰子恺谈音乐[M].北京：东方出版社,2005.

[17] 该丘斯.音乐的构成[M].缪天瑞编译.北京：音乐出版社,1964.

[18] 高兰.诗的朗诵与朗诵的诗[M].济南：山东大学出版社,1987.

[19] 葛兆光.汉字的魔方——中国古典诗歌语言札记[M].上海：复旦大学出版社,2008.

[20] 龚妮丽.音乐美学论纲[M].北京：中国社会科学出版社,2002.

[21] 郭沫若.郭沫若全集文学编[M].北京：人民文学出版社,1982—1992.

[22] 郭沫若.郭沫若佚文集[M].成都：四川大学出版社,1988.

[23] 何其芳.何其芳文集[M].北京：人民文学出版社,1982—1984.

[24] 胡适.胡适文集[M].北京：北京大学出版社,1998.

[25] 胡适.中国新文学大系·建设理论集（影印本）[M].上海：上海文艺出版社,2003.

[26] 胡裕树.现代汉语[M].上海：上海教育出版社,1987.

[27] 江弱水.中西同步与位移[M].合肥：安徽教育出版社,2003.

[28] 康白情.康白情新诗全编[M].广州：花城出版社,1990.

[29] 勒内·韦勒克,奥斯汀·沃伦.文学理论[M].刘象愚,邢培民,陈圣生等译.南京：江苏教育出版社,2005.

[30] 李广田.李广田文集[M].济南：山东文艺出版社,1984.

[31] 李健吾.咀华集·咀华二集[M].上海:复旦大学出版社,2005.

[32] 李振声.季节轮换:"第三代"诗叙论[M].上海:复旦大学出版社,2008.

[33] 梁启超.饮冰室合集·专集第五册[M].上海:中华书局,1936.

[34] 梁启超.饮冰室合集·文集第十六册[M].上海:中华书局,1936.

[35] 梁实秋.梁实秋批评文集[M].珠海:珠海出版社,1998.

[36] 梁宗岱.梁宗岱选集[M].北京:中央编译出版社,2006.

[37] 梁宗岱.诗与真[M].北京:中央编译出版社,2006.

[38] 梁宗岱.诗与真续编[M].北京:中央编译出版社,2006.

[39] 林庚.林庚诗文集[M].北京:清华大学出版社,2005.

[40] 刘继业.新诗的大众化和纯诗化[M].北京:北京大学出版社,2008.

[41] 陆志韦.渡河[M].上海:亚东图书馆,1923.

[42] 洛秦.音乐的构成:音乐在科学、历史和文化中的解读[M].桂林:广西师范大学出版社,2005.

[43] 吕进.中国现代诗体论[M].重庆:重庆出版社,2007.

[44] 米兰·昆德拉.被背叛的遗嘱[M].孟湄译.上海:上海人民出版社,1995.

[45] 穆木天.穆木天诗文集[M].长春:时代文艺出版社,1985.

[46] 诺思罗普·弗莱.批评的解剖[M].陈慧等译.天津:百花文艺出版社,2006.

[47] 钱锺书.七缀集[M].北京:三联书店,2002.

[48] 钱锺书.谈艺录[M].北京:中华书局,1984.

[49] 让-雅克·卢梭.论语言的起源:兼论旋律与音乐的摹仿[M].洪涛译.上海:上海人民出版社,2003.

[50] 饶孟侃.饶孟侃诗文集[M].成都:四川大学出版社,1997.

[51] 松浦友久.中国诗歌原理[M].孙昌武,郑天刚译.沈阳:辽宁教育出版社,1990.

[52] 孙玉石.中国现代主义诗潮史论[M].北京:北京大学出版社,1999.2

[53] T.S.艾略特.艾略特诗学文集[M].王恩衷编译.北京:国际文化出版公司,1989.

[54] 王光明.现代汉诗的百年演变[M].石家庄:河北人民出版社,2003.

[55] 王力.汉语史稿[M].北京:中华书局,1980.

[56] 王力.汉语诗律学[M].上海:上海教育出版社,1979.

[57] 王训昭.一代诗风——中国诗歌会作品及评论选[M].上海:华东师范大学出版社,1996.

[58] 王永生.中国现代文论选[M].贵阳:贵州人民出版社,1982.

[59] 闻一多.闻一多选集[M].成都:四川文艺出版社,1987.

[60] 吴梅.吴梅全集(理论卷)[M].石家庄:河北教育出版社,2002.

[61] 吴兴华.吴兴华诗文集[M].上海:上海人民出版社,2005.

[62] 西川.让蒙面人说话[M].上海:东方出版中心,1997.

[63] 奚密.现代汉诗——1917年以来的理论与实践[M].奚密,宋炳辉译.上海:上海三联书店,2008.

[64] 徐志摩.徐志摩全集[M].天津:天津人民出版社,2005.

[65] 雅克·马利坦.艺术与诗中的创造性直觉[M].刘有元,罗选民等译.北京:三联书店,1991.

[66] 亚里士多德.诗学[M].陈中梅译注.北京:商务印书馆,1996.

[67] 杨匡汉,刘福春.中国现代诗论(上编)[M].广州:花城出版社,1985.

[68] 叶公超.叶公超批评文集[M].珠海:珠海出版社,1998.

[69] 张新颖. 20 世纪上半期中国文学的现代意识[M]. 北京：三联书店, 2001.

[70] 张新颖. 中国新诗：1916~2000[M]. 上海：复旦大学出版社, 2001.

[71] 张新颖. 新诗一百句[M]. 上海：复旦大学出版社, 2007.

[72] 张永芳. 晚清诗界革命论[M]. 桂林：漓江出版社, 1991.

[73] 张枣. 春秋来信[M]. 北京：文化艺术出版社, 1998.

[74] 赵毅衡. 符号学文学论文集[M]. 天津：百花文艺出版社, 2004.

[75] 赵元任. 赵元任歌曲选集[M]. 北京：人民音乐出版社, 1981.

[76] 赵元任. 赵元任音乐论文集[M]. 北京：中国文联出版公司, 1994.

[77] 郑振铎. 中国新文学大系·文学论争集（影印本）[M]. 上海：上海文艺出版社, 2003.

[78] 周瓒. 透过诗歌写作的潜望镜[M]. 北京：社会科学文献出版社, 2007.

[79] 朱光潜. 诗论[M]. 上海：上海古籍出版社, 2005.

[80] 朱自清. 中国新文学大系·诗集（影印本）[M]. 上海：上海文艺出版社, 2003.

[81] 朱自清. 朱自清全集[M]. 南京：江苏教育出版社, 1988.

西文著作：

[82] Cleanth Brooks, Robert Penn Warren. Understanding Poetry[M]. 北京：外语教学与研究出版社, 2004.

[83] John Strachan, Richard Terry. Poetry[M]. 上海：上海外语教育出版社, 2009.

[84] René Wellek, Austin Warren. Theory of Literature[M]. New York：

Penguin Books, 1986.

[85]   T. S. Eliot. On Poetry and Poets[M]. New York: Noonday Press, 1966.

[86]   T. S. Eliot. The Sacred Wood[M]. London: Methuen & Co Ltd, 1966.

期刊文献：

[87]   柏桦. 史记：20世纪60年代[J]. 大家,2010,(3):15-57.

[88]   郭沫若. 诗歌底创作[J]. 文学,1944,2(3):1-3.

[89]   郭沫若. 诗歌底创作(续完)[J]. 文学,1944,2(4):1-2.

[90]   陆志韦. 杂样的五拍诗[J]. 文学杂志,1947,2(4):55-71.

[91]   罗侃平. 对中西方纯诗理论的一些思考[J]. 诗探索(理论卷),2008,(3):28-44.

[92]   吴思敬. 二十世纪新诗理论的几个焦点问题[J]. 文学评论,2002,(6):107-117.

[93]   吴思敬. 新诗：呼唤自由的精神——对废名"新诗应该是自由诗"的几点思考[J]. 文艺研究,2010,(3):35-42.

[94]   俞平伯. 诗底自由和普遍[J]. 新潮,1921,3(1):75-79.

[95]   张敬夫. 警醒歌四章[J]. 新小说,1903,(5):173-174.

[96]   郑敏. 世纪末的回顾：汉语语言变革与中国新诗创作[J]. 文学评论,1993,(3):5-20.

[97]   郑敏. 试论汉诗的传统艺术特点——新诗能向古典诗歌学些什么？[J]. 文艺研究,1998,(4):84-92.

[98]   周锋. 现代诗歌的音乐性研究[J]. 嘉兴学院学报,2007,19(4):119-124.

代后记

这本小书的主体,是多年前在复旦中文系完成的博士论文。毕业后任教于上海视觉艺术学院,开设了"中国新诗导读"课,所做的一些学术研究,也自然与中国新诗的音乐性问题有丝丝缕缕的联系。这次将博士论文修订一过,付梓之际,不免有今昔之感,由不得想起那句老生常谈的"吾生也有涯,而知也无涯"来。何况这无涯的"知",以另一种尺度来看,也许只不过是一叶障目而已。然而谁又能否认一片叶的价值呢?我曾写过一首短诗,谈的仿佛是有涯的人生之时序,与无涯的季节之流转,而终究归结到一片秋叶。如今拿来当这本小书的后记,似亦未尝不可:

四 季

我喜欢所有像夏天的春天
冰激凌一样化去的春天

以及剪刀般的二月
被春寒唤醒的清晨也好
春风沉醉的夜更好
为此我宁愿后半生再看不到雪

但还是应该有冬天
江南欲雪还休的冬天
短些亦无妨
短得能饮一杯
有时短到急景凋年

要就是永远在路上的秋天
道路在秋天不断分岔
如同一片秋叶
唯独留下了它纤细的叶脉

2025 年元月,暖冬

一本书打开一个世界

欢迎订购、合作
订购电话：0571-85153371
服务热线：0571-85152727

KEY-可以文化

浙江文艺出版社

京东自营店

关注KEY-可以文化、浙江文艺出版社公众号，
及浙江文艺出版社京东自营店，随时获取最新图书资讯，
享受最优购书福利以及意想不到的作家惊喜